발칙한 학교

발칙한 학교

박현숙 지음

다림

나는 참으로 예민한 아이였다. 작은 일에 민감한 반응을 보이고 팔짝 뛰며 울기를 잘했다. 혼자 속 태우며 무수히 많은 밤을 보내기도 했다. 하루 이틀 지나고 나서 돌아보면 별일도 아닌데 말이다. 그러다 보니 늘 비쩍 마르고 몸도 약해 부모님 속을 태우기도 했다.

한번은 부모님을 따라 당숙 댁에 간 일이 있었는데 2박 3일의 일정이었다. 그런데 깜박 잊고 내 숟가락을 가져가지 않았다. 당시 나는 남의 집 숟가락으로는 절대 밥을 먹지 않았다. 그 집 숟가락에서 냄새가 난다며 구역질을 해 대다 기어이는 밥을 먹지 않겠다고 선언했다. 나중에 나뭇가지를 꺾어 젓가락을 만들어 밥을 먹기는 했지만 얼마나 주변 사람을 곤혹스럽게 만드는 아이였는가.

예민 덩어리도 함께 자라는 모양이다. 청소년기 역시 많이 달라지지는 않았다. 나는 생각이 많았다. 주변 사람들이 나에게 던지는 말 한마디 한마디를 밤새 나름대로 해석했다. 별 의미 없이 했던 말임에도 나는 꽤 비중 있는 의미를 만들어 냈다.

'저 애가 나를 어떻게 생각하고 있는 거지? 왜 이런 말을 하는 거지? 아까 나를 바라보던 선생님의 그 눈빛은 무슨 뜻이지?'

나는 늘 안테나를 세우고 있었고 그곳에 잡히는 작은 것도 그냥 넘기지 않았다. 지금 생각해 보면 그러고서 어떻게 살았는지 의문이 들 정도다.

아무튼 예민한 성격 탓에 고등학교 2학년 때는 가장 친한 친구와 대판 싸웠고 결국 절교했다. 나름 교양 있다고 자부하는 엄마를 학교까지 쫓아오게 만든 것도 내 예민함 때문이었다. 엄마는 그 뒤로 선생님과 만나게 될까 봐 교문 앞으로는 다니지 않으셨다. 지금도 엄마는 일생에서 가장 창피한 날이 바로 앞뒤 따지지 않고 내 말만 듣고 학교에 쫓아간 날이라고 말씀하신다.

조금 둔감해지자고 마음을 굳히고 행동에 옮기기 시작한 것은 불면증에 시달리면서부터다. 바짝 세우고 다녔던 안테나를 끄고 주변에서 일어나는 일들을 '그럴 수도 있지.' '별거 아니야.' 이렇게 생각하기로 했다. 하지만 둔감해진다는 것은 말처럼 쉬운 일이 아니었다. 바람처럼 날아와 화살처럼 뇌리에 콕콕 박히는 모든 것들을 어떻게 다 그럴 수 있다고 생각하겠는가. 눈을 막고 귀를 막고 코를 막고 다니지 않는 이상 그것은 정말 힘든 일이었다. 그때 생각했다. 둔감해지는 것을 가르쳐 주는 학교가 있으면 참 좋겠다고.

결국 나는 어느 정도 둔감해지는 것에 성공했다. 둔감해진 만큼 편하다. 마음이 편하니 굳이 불행하다고 말할 이유도 별로 없다. 같은 상황에 놓이더라도 행복과 불행으로 나뉘는 것은 마음이 정하는 거라고 했다. 예민한 안테나를 끄면 느긋하게 세상을 볼 수 있다. 그래서 행복한 일이 더 많다.

작가가 되고 나서 그때 생각했던 '학교'가 기억났다. 둔감해지기 위해 사투를 벌이던 그때 있었으면 하고 간절하게 바라던 그 학교. 그 학교를 내가 한번 지어 보면 어떨까 생각했다. 세상 모든 것들과 예민하게 싸우는 우리의 청소년들을 그 학교에 초대하고 싶었다. 드디어 그 학교가 완성되었고 초대장을 돌리게 되어 기쁘다.

2018년 봄, 모두가 행복해지기를 바라며

박현숙

발칙한 학교에 어서 오세요.

이 학교에서는 당신의 안테나를 꺼 놓으셔도

아무 일도 생기지 않습니다.

| 차례 |

갈 곳이 있어 다행이긴 해

새벽녘 천둥소리에 잠에서 깼다. 어두운 창문에 빗방울이 요란스럽게 부딪히고 있었다. 아직 머릿속에서 사라지지 않은 꿈의 끝자락을 잡고 이불을 머리끝까지 올려 덮었다. 꿈에 소라가 나타났다. 어떤 내용인지 모르지만 내가 소라와 이야기를 하고 있을 때, 소라 뒤에서 태근이 얼굴이 툭 튀어나왔다. 가슴이 쿵! 하고 내려앉았다. 쟤들이 같이 있었구나. 왜 둘이 같이 있느냐고 따지려는 순간, 천둥이 쳤고 잠에서 깼다. 얇은 이불 너머로 다시 천둥소리가 들렸다. 하하하 하하! 태근이 웃음소리가 천둥소리에 섞여 있었다. 태근이는 거짓말이 탄로 날 위기에 처하면 그렇게 웃었다. 어제도 그랬다. 일요일에 소라와 나란히 영화관에서 나오는 태근이를 보고 당장 전화했지만, 태근이는 받지 않았다. 잠도 못 자고 방방 뛰다가 어제 따졌더니, 태근이는 얼굴이 벌게져서 큰 소리로 웃었다. 다른 날보다 훨씬 큰 웃음소리였다.

"친구끼리 영화 보러 갈 수도 있는 거 아니야? 야한 영화도 아니고 친구 사이에 애니메이션도 못 봐? 너, 열등감 있니?"

한바탕 웃고 난 태근이는 나를 빤히 바라보며 물었다. 미안하다고 엎드려 싹싹 빌어도 용서해 줄까 말까인데 열등감이라니. 자존심이 상했다.

"너는 의심이 너무 심해. 의심도 열등감이 많은 아이들이 심하거든."

태근이가 또렷하게 말했다. 너덜너덜해진 자존심 위에 식초 한 사발을 들이부은 듯 가슴이 쓰라렸다.

"아, 지겨워."

열등감도 모자라 지겹다니! 가슴속에서 걷잡을 수 없는 소용돌이가 쳤다. 태근이는 돌아서서 자전거에 올라탔다. 자전거에 올라탄 태근이는 단 한 번도 뒤돌아보지 않고 쌩하니 내달렸다. 미친 듯 돌아가는 자전거 바퀴를 보며 나는 알 수 있었다. 태근이와 오늘이 끝이구나. 그래. 그동안 참 많이 참았다. 당장이라도 끝내고 싶었던 순간이 수백 번도 넘었다. 그래도 태근이를 포기할 수 없었던 것은 내가 태근이를 좋아하는 만큼, 태근이도 나를 좋아하고 있다고 믿었기 때문이다. 그리고 태근이는 나와 헤어지면 보란 듯 다른 아이와 사귈 텐데, 난 그 꼴을 볼 자신도 없었다. 헤어지는 대신 태근이와 나는 하루가 멀다 하고 싸웠다. 태근이는 내가 의심을 하는 데 선수라고 했다. 그러면서 억울해했다. 그러나 결단코 나는 상상만으로 사람을 의심하는 그런 애가 아니다. 태근이의 말투와 행동이 원인 제공을 했다. 태근이가 그걸 모른다는 게 더 기분 나쁘고, 나를 화나게 했다.

내 예감은 틀리지 않았다. 저녁 무렵 태근이에게 톡이 왔다.

– 오늘로 땡치자. 나는 네 성격이 좋은 줄 알았어.

그동안 나는 보라 너한테 할 만큼 했고 참을 만큼 참았어.

수없이 많이 싸웠지만 태근이가 이렇게 단도직입적으로 말하는 거는 처음이었다. 나쁜 놈! 그 말을 하고 싶어서 어떻게 참았니? 태근이는 나와 사귀면서도 항상 양다리도 모자라 오징어 다리에 문어 다리였다. 태근이 옆에는 언제나 여자애들이 있었다. 함께 있는 이유를 다그칠 때마다 "학원 숙제 때문에 연락한 거야." "같은 아파트에 사는 거라 함께 다니는 거야." "학교 오는 길에 만났을 뿐이야."라면서 이리저리 핑계를 댔지만 그걸 곧이곧대로 믿을 내가 아니었다. 나는 예민하고 민감했다. 태근이의 말꼬리가 올라가는지 내려오는지, 발걸음의 속도가 느린지 빠른지, 눈빛이 위를 향하는지 아래를 향하는지를 보고도 태근이 마음을 완벽하게 알아낼 수 있었다.

"그래, 어차피 잘된 거야."

나는 이불을 걷어찼다. 바람둥이 태근이와 사귀는 6개월 동안 얼마나 속을 썩었는지 거울을 보고 스스로 놀랄 만큼 폭삭 늙었다. 도저히 중학교 1학년의 얼굴이 아니었다. 피부는 눈에 띄게 거칠어졌고 눈 밑은 칙칙하고 어두웠다. 오죽하면 백수가 되어 돈도 없는 엄마가 이러다 딸 죽이게 생겼다고 보약을 다 해다 주었을까.

그래, 이제 태근이에게서 해방되는 거야. 절대 낫지 않는 잔병처럼 늘 따라다녔던 불안에서 벗어나는 거야. 이제 마음 편해지겠지? 피부 관리에 신경 써서 훨씬 예뻐질 거다. 태근이가 지금의 결정에

후회하도록!

나는 누운 채 만세를 불렀다. 그 순간 다시 천둥이 쳤다. 하하하하하! 태근이의 웃음소리가 들렸다. 순간 온몸이 돌처럼 굳어 버렸다. 그러더니 눈가를 타고 뜨거운 것이 흘러내렸다. 손등으로 그걸 훔쳐 내는데 분하고 억울했다. 6개월 동안 나는 태근이만 생각하며 살았다. 아침에 눈을 뜨는 순간부터 저녁에 잠들기 전까지. 그런 모든 시간이 아까워서 견딜 수가 없었다.

– 나쁜 놈아, 잘 처먹고 잘 살아라.

자존심이 상해서 끝까지 참으려고 했다. 톡도 보내지 않고 전화도 하지 않으려고 했다. 하지만 참지 못하고 태근이에게 톡을 보내고 말았다. 분한 마음은 한번 터지자 걷잡을 수 없었다. 나는 태근이에게 계속 톡을 했다. 앞으로 너를 저주하며 살겠다, 너도 너랑 똑같은 바람둥이 만나서 폭삭 늙어 봐라, 죽을 때까지 너를 저주할 거다. 그것도 성에 차지 않아 전화를 했다. 당장 전화를 하지 않으면 내 몸이 폭발하여 먼지가 될 거 같았다. 새벽이고 뭐고 태근이를 배려할 마음은 없었다.

'이거 뭐야?'

전화는 단 한 번의 울림 없이 바로 "지금 전화를 받을 수 없습니다."라는 낭랑한 멘트로 넘어갔다. 이건? 내 번호를 차단해 놓은 거다. 머릿속이 엉킨 실타래처럼 어수선해졌다. 손가락 끝이 저릿하더니 그 저릿함은 손목을 타고 팔로, 그리고 온몸으로 번져 갔다. 분해서 당장이라도 숨이 넘어갈 거 같았다.

새벽에 보낸 톡은 아침이 되어도 옆에 노란색 숫자 '1'을 달고 있었다. 톡도 차단한 게 분명했다. 짧은 시간에 많이도 정리했다. 헤어지고 싶어서 아주 안달이 났었구나. 그래, 설마 너랑 헤어진다고 죽기야 하겠냐.

"준비 다 됐지?"

그때 엄마가 방문을 열었다.

"그냥 가면 되는 거 아니야? 짐은 엄마가 다 챙겼을 테고. 밥만 먹으면 되는 거지?"

나는 침대를 박차고 일어났다. 엄마가 눈을 동그랗게 뜨고 바라봤다.

"왜 그렇게 봐?"

나는 엄마 옆을 쌩하니 지나 방에서 나왔다.

"너무 고분고분하니까 도깨비에 홀린 거 같아."

엄마는 콩나물국을 식탁에 놓으며 고개를 갸웃거렸다.

"방학 동안 집에 있으면 뭐 하겠어. 엄마랑 싸우는 일밖에 더 있겠어?"

활짝 웃어 보이며 콩나물국을 떠 입에 넣는데 가슴속에서 쏴아! 하고 파도 소리가 들리더니 눈물이 핑 돌았다. 꿀꺽 삼킨 밥 덩어리가 가슴 중간에 걸렸다. 태근이 이 나쁜 놈아. 잘 처먹고 잘 살라고 했던 말은 취소다. 처먹는 거마다 체하고 하루에 한 번씩 넘어지고 깨져라.

밥을 먹고 캐리어를 질질 끌고 집에서 나왔다. 이 상황에 갈 데가 있다는 게 고마웠다. 이 기분으로 방학 한 달 동안 집에 있으면 미칠지도 모른다.

비는 여전히 퍼붓고 있었다.

"무슨 비가 이렇게 오냐?"

엄마는 운전석 의자를 바짝 당겨 앉은 다음, 두 손으로 핸들을 힘껏 잡았다.

"거기가 뭐 가르치는 곳이라고 했지? 여름 독서 학교였나?"

방학이 시작되는 오늘부터 개학을 하루 앞둔 날까지 다닐 학교라고 했는데 무엇을 하는 학교인지는 귀담아듣지 않았다. 엄마를 졸라 방학 동안에는 태근이가 다니는 학원으로 옮길 마음이었을 뿐 그 학교에 갈 생각은 애초에 없었다.

"독서 학교 아니야. 음, 무슨 학교냐면……."

엄마는 몸을 거의 핸들에 붙이고 앞을 똑바로 응시했다. 꼭 비와 한판 승부를 벌이는 거 같았다. 와이퍼는 부지런히 움직이고 있지만 쏟아지는 비를 어쩌지는 못했다. 차는 마치 빗속을 헤엄쳐 가는 거 같았다.

"마음을 편하게 만드는 법을 가르치는 학교라고나 할까, 행복해지는 법을 알려 주는 학교라고 할까? 아무튼 영어니 수학이니 공부 가르치는 기숙 학원은 아니니까 걱정하지 마."

엄마는 그 학교에 들어가기 위해 얼마나 애를 썼는지 공치사하는 것도 잊지 않았다. 민규 아저씨가 아니었으면 그런 학교가 있는 줄도 몰랐을 거라고 말이다. 민규 아저씨가 인터넷에 잠깐 올라왔던 모집

글을 귀신처럼 발견해 전화번호를 입력해 놨다고 했다.

민규 아저씨라는 말을 듣자 갑자기 속이 부글부글 끓었다. 엄마는 민규 아저씨를 친구라고 말하지만 그걸 믿을 내가 아니다. 친구끼리 손을 꼭 잡고 그렇게 그윽한 눈빛을 주고받을 수는 없는 거다. 빵집 앞에서, 엄마가 민규 아저씨 자동차에서 내릴 때, 공원에서, 그런 모습을 한두 번 본 게 아니다. 친구라고 거짓말을 하려면 그런 모습을 들키지나 말든가. 차라리 사귀는 사이라고 솔직하게 말하는 게 더 낫다. 그래야 더 당당하다. 세상에 거짓말만큼 나쁜 것은 없다. 엄마나 민규 아저씨나 허술하기 짝이 없다. 물론 태근이도 마찬가지다.

"내 앞에서 그 아저씨 이름 부르지 마."

나는 퉁명스럽게 쏘아붙였다.

"방학 동안 나를 그 학교에 보내 놓고 마음 편히 그 아저씨 만나려는 속셈은 아니지? 그러면 용서 못 해."

"계집애, 말하는 거 하고는."

엄마가 조용해졌다. 차 안에는 빗소리만 가득했다. 이 침묵은 뭐지? 진짜 그런 속셈이었냐고 따지고 싶었지만 태근이 생각만으로도 머리가 터질 거 같아 패스하기로 했다.

자동차는 빗속을 뚫고 도심을 벗어났다. 빗속에서 언뜻언뜻 스쳐가는 초록 물결들, 그리고 왕복 2차선인 국도! 한 달 뒤, 반대편 방향을 달려 집으로 돌아갈 땐 내 마음에서 태근이가 싹 사라지고 없기를. 그 애를 바라볼 때 이웃집 똥개 쳐다보듯 무덤덤해지기를. 제발 그러기를.

퍼붓던 비가 조금씩 잦아들었다. 시원하게 뚫린 초록 벌판이 눈에 들어왔다. 차는 국도를 한참 더 달려 작은 학교 앞에 멈췄다. 시골 동네 한쪽에 자리 잡은 학교는 아주 오래된 듯했다. 교문은 녹이 슬어 원래 무슨 색이었는지 알 수 없었고, 교문 옆에 서 있는 키 큰 플라타너스 나무는 그 나이를 가늠할 수도 없을 정도로 둥치가 두꺼웠다.

"원래는 폐교였는데 안에를 싹 리모델링해서 쓰는 거야. 방학이 아닌 때는 예술가들 작업 공간으로 활용되기도 한대."

엄마는 조심스럽게 교문 안으로 차를 몰고 들어갔다. 싹 리모델링했다더니 그 말은 새빨간 거짓말이었다. 중앙에 있는 건물은 그나마 새로 페인트칠을 해서 봐줄 만했지만, 그 뒤에 있는 작은 건물은 으스스했다. 시커멓고 기분 나쁜 나무 벽에 지붕에 얹어진 빨간 기와는 그 본래의 색을 잃어 검은색을 머금은 자주색으로 보였다. 대낮에도 귀신이 출몰할 정도로 을씨년스러웠다.

현관에서 실내화를 갈아 신고 2층으로 올라가는데 나무 계단은 삐거덕삐거덕 기분 나쁜 소리를 냈다.

"요즘에도 나무 계단이 다 있네. 여기 돈 내고 오는 곳 맞아?"

나는 엄마를 힐끗 바라봤다.

"무슨 소리야?"

"이런 곳에 교육비 같은 거를 내고 오는 거 맞느냐고. 완전 귀신 나올 거 같잖아. 엄마 여기 미리 와 보고 결정한 거야, 아니면 민규 아저씨 말만 듣고 등록한 거야?"

"얘가 무슨 뚱딴지같은 소리야? 다 알아보고 했어. 제발 민규 아저씨 말만 나오면 사사건건 뾰족하게 좀 굴지 마."

민규 아저씨가 알아봤다니까 신뢰가 안 가니 그러지.

"그리고 세상에 공짜가 어디 있어? 당연히 돈 내지. 그것도 엄청나게 많이 내. 시골에 있다고 깔보지 마. 교육 과정도 과학적이고 급식도 끝내주게 좋다더라."

요즘 교육 과정이 과학적인 거는 기본이지만, 급식이 좋다는 말에 요상한 생각이 들었다. 설마 잘 먹여 포동포동 살 찌워서 잡아먹는 귀신이 운영하는 학교 아니야? 그렇지 않고서야 이런 환경에서 좋은 급식이 나온다는 말을 어떻게 믿느냐고.

다른 때 같으면 그냥 집으로 돌아갈 거라고 고집을 부렸을 수도 있었을 거다. 하지만 태근이를 잊기 위해서는 집을 떠나 멀리 있는 게 중요했다. 또 다른 한편으로 생각해 보니 이곳 분위기 죽인다. 누군가 저주하기 딱 좋은 분위기다. 문득 태근이를 그냥 조용히 잊어 주는 게 억울하다는 생각이 들었다. 태근이를 저주해 볼까? 6개월 간 내가 태근이에게 바친 노력과 시간 대비 그에 딱 맞는 저주. 그래야 공평하다. 어쩐지 내 소원을 들어줄 어떤 존재가 이 학교에 있을 거 같다는 생각이 들었다. 그 존재가 귀신이든 도깨비이든 상관없다. 태근이를 저주하는 내 소원만 들어준다면 지금 마음으로는 내 영혼까지 팔 수 있을 거 같았다.

"어차피 왔으니까 한 달 잘 지내보지, 뭐."

나는 무덤덤한 표정으로 말했다.

엄마는 학교를 둘러보고 돌아갔다. 가면서 내 휴대폰을 갖고 갔다. 이 학교는 휴대폰 사용 금지란다. 아니, 휴대 금지란다. 전화를 쓸 일이 있으면 숙소에 있는 전화나 복도에 있는 전화를 쓰라고 했다. 생각해 보니 휴대폰이 없는 게 더 나을 거 같기도 했다. 휴대폰이 있으면 분하고 억울한 마음이 들 때마다 나도 모르게 태근이에게 전화를 하고 문자를 보낼 수 있다. 태근이가 수신 거부를 했든 차단을 했든 상관없이 말이다. 어쩌면 소라에게 전화를 할지도 모른다. 둘이 사귀기 시작했는지 시도 때도 없이 확인하고 싶어질 수도 있다. 그건 정말 자존심 상하는 일이다. 그래, 휴대폰아. 한 달 뒤, 내 마음에서 태근이를 싹 지우고 나서 해맑은 얼굴로 다시 만나자. 혹시 태근이와 소라가 사귀기 시작했다면 개학쯤에는 둘이 쥐어뜯고 싸울 정도로 사이가 나빠져 있었으면 좋겠다.

"민규 아저씨하고 엄마는 정말 친구 사이야. 그러니까 공연한 의심 같은 거 하지 마. 예민 떨지 말고 밥 잘 먹고, 알았지?"

엄마가 집으로 돌아가며 했던 마지막 말이다. 그 말이 '엄마와 민규 아저씨는 좋아하는 사이야. 그러니까 그렇게 알고 있어.' 이렇게 들렸다. 끝까지 오리발은.

연애 학교 개강

남학생 숙소는 2층에, 여학생 숙소는 3층에 있다고 했다. 숙소는 교실을 개조해서 만든 거 같았는데, 창문에는 초록색의 긴 커튼이 드리워져 있었고 네 개의 침대가 나란히 놓여 있었다. 하늘색 바탕에 꽃무늬가 수놓인 침대보를 뒤집어 쓴 나무 침대에는 이름표가 붙어 있었다.

– 연보라

내가 쓸 침대는 창가 쪽이었다.

"자, 내가 이 학교 교장이란다. 우리 학교에 온 걸 진심으로 환영한다. 우리는 학부모와 학생이 100프로 만족할 수 있는 교육을 하기 위해 철저한 준비를 했다. 모두 그 혜택을 받고 돌아가길. 오늘은 첫날이니까 일단 짐부터 풀고 여기서 자유롭게 시간을 보내도록 하렴."

교장이라고 자기를 소개한 남자가 우리 방에 와서 부드럽게 말했다. 하지만 교장의 첫인상은 말투만큼 부드럽지는 않았다. 딱 꼬집어 말할 수는 없지만 얼굴에는 짙은 그림자가 드리워져 있었다. 교장은 방을 한 번 휘 둘러본 다음 나갔다. 캐리어를 열고 옷가지를 꺼내 내 이름이 붙어 있는 철제 사물함에 정리했다. 티셔츠가 세 개, 속옷이 세 벌, 양말 세 켤레, 반바지 세 개. 옷은 꼭 그날그날 빨아 입으라는 쪽지도 들어 있었다. 역시 엄마답다. 엄마는 3이라는 숫자를 지독하게 좋아한다. 엄마 전화번호에는 3이 세 개나 있고 우리 집 현관 비밀번호에도 3이 세 개 들어 있다. 화장대의 화장품도 세 줄로 세워 두었고 욕실에 수건도 꼭 세 개씩 걸어 놓는다. 언제부터, 무슨 이유로 엄마가 3을 좋아하게 되었는지 이유는 모르겠다. 언젠가 엄마에게 물어본 적이 있는데 엄마는 별거 아니라는 듯 "그냥 좋은 거지 이유는 무슨 이유." 이렇게 말했다. 그냥이라는 말은 무책임하기도 하고 한편으로는 아주 많은 의미를 부여한다. 사람들은 적당한 이유나 핑계, 그리고 대답거리를 찾지 못할 때 '그냥'이라는 말을 쓴다.

나는 엄마와 3 사이에 어떤 비밀이 있을 거라고 생각하고 그 비밀을 파헤쳐 보기로 했다. 제일 먼저 민규 아저씨에 대해 연구했다. 민규 아저씨도 3을 좋아한다면 둘의 사이는 딱 걸리는 거다. 하지만 민규 아저씨는 자동차 번호나 전화번호에 3이 단 한 개도 들어가 있지 않았다. 생일도 3과는 전혀 상관없었다.

민규 아저씨가 비켜 나가자 이번에는 얼굴도 이름도 모르는 아빠라는 사람이 떠올랐다. 엄마를 싱글맘으로 만들어 놓고 온다 간다 말도 없이 사라졌다는 그 사람. 그 사람과 3이 연관 있는 걸까? 나는 넌지시 엄마에게 물었고 욕만 한 바가지 얻어먹었다. 그냥이라고 하면 그런 줄 알지 왜 쓸데없는 생각을 하며 에너지를 소비하느냐고 말이다. 그러니까 비쩍 마르고 불면증에 시달리는 거라며 방방 뛰었다. 방방 뛰니까 더 의심이 갔다. 하지만 더 이상 물어볼 수는 없었다. 그냥 물러서기 뭐해서 "엄마를 버린 사람 뭐 하러 아직도 생각해? 그 사람 지금 아주 잘 먹고 잘 살고 있을걸? 그러니까 싹 잊어." 이렇게 말했다가 잔소리에 맞아 죽는 줄 알았다. 엄마는 아빠라는 그 사람을 이미 오래전에 싹 잊었단다. 하긴 싹 잊었으니까 민규 아저씨를 만나는 거겠지.

"너 참 이상해. 모두 세 개씩이야."

한참 생각에 빠져 있는데 옆에서 짐을 정리하던 아이가 말했다. 머리가 눈부시게 노란 아이였다. 어제 방학식을 하자마자 염색을 한 게 분명했다. 노란 머리를 보자 소라가 떠올랐다. 소라도 방학이면 꼭 노란색으로 염색을 하고 개학 직전에 다시 짙은 갈색으로 염색했다. 이번 방학에도 노란색으로 염색을 했을까? 가만! 노란색은 태근이가 제일 좋아하는 색이다. 노란색으로 염색한 소라와 노란색을 좋아하는 태근이. 가슴이 물 밖으로 나온 물고기 아가미처럼 벌름거리기 시작했다.

나는 철제 사물함 문을 쾅 닫으며 태근이와 소라 생각을 떨쳐 냈다. 노란 머리 아이가 흠칫 놀랐다. 노란 머리 아이 침대에 붙은 이름표를 봤다. 김민. 그 아이 이름이었다.

"미안해. 나 때문에 화났니?"

김민이 물었다. 크고 까만 눈이 겁먹은 듯 흔들렸다. 내가 사물함 좀 세게 닫았다고 겁먹은 건가? 그런 배짱으로 머리 염색은 어떻게 했지?

"아니야."

"화난 거 같은데 진짜 미안해. 내가 뭐든 그냥 봐 넘기기를 못 해서."

김민이 이맛살을 구기며 주먹을 쥐어 자신의 머리를 쳤다.

"아니라니까."

"화난 거 맞는 거 같은데 뭘."

아, 진짜! 화나지 않았다고 하면 그런가 보다 하고 말면 될 것을 왜 이렇게 사람을 귀찮게 군담. 화 좀 내 달라고 애원하는 거야, 뭐야. 진짜 화가 나려고 했다.

"부탁이 있는데."

그때 김민 사물함 옆 자리에서 짐 정리를 하던 아이가 돌아보며 말했다. 눈꼬리 끝이 치켜 올라간 폼이 성질깨나 있게 생겼다.

"둘 중에 이 향수 냄새의 주인공은 누구냐? 앞으로는 뿌리지 마라, 제발. 머리 아파. 이 향수 싸구려야. 명품 흉내를 내다가 폭삭 망한 케이스지."

슬쩍 김민 표정을 살폈다. 귀밑이 벌게진 게 폭삭 망한 케이스의 향수를 뿌린 아이는 김민이었다. 그렇다고 향수 주인공이 김민이라는 유치한 발설은 하지 않았다. 우리 나이에 명품 흉내 낸 화장품을 쓰는 아이가 한둘이야, 진짜 명품 살 돈 없으니 어쩔 수 없는 거 아니냐고. 그런데도 그걸 꼭 집어 말하는 저 아이, 보통은 넘을 거 같았다.

눈꼬리 끝이 치켜 올라간 아이의 이름은 서연지였다. 서연지는 연신 코를 킁킁거리며 얼굴을 찡그렸다. 그러면서 앞머리를 계속 매만졌다.

복도 쪽으로 맨 끝자리에 있는 아이는 황소윤. 황소윤은 묵묵히 짐 정리를 마치고 나더니 바로 침대에 누워 이불을 머리끝까지 올려 버렸다. 저 행동은 무슨 뜻이지? 다 자기 마음에 들지 않는다는 뜻인가? 하여간 하나같이 신경 쓰이는 애들이다. 애들과 한 달을 같은 방에서 살아야 하다니, 결코 쉽지 않을 거라는 예감이 들었다.

창가에 서서 운동장을 빙 둘러 선 플라타너스 나무를 바라봤다. 플라타너스 나뭇잎 위로 태근이 얼굴이 어른거렸다. 나는 서둘러 머리를 흔들어 태근이 생각을 떨쳐 냈다. 잠깐만 긴장을 늦추면 태근이가 떠오른다. 긴장해야지, 정신 똑바로 차려야지.

'엄마는 집에 도착했을까?'

나는 엄마 생각을 하기로 했다. 하지만 그것도 잠시, 다시 태근이가 떠올랐다. 그래, 6개월 동안 머릿속을 꽉 채우고 있던 아이인데 단 하루 만에 싹 사라지게 만들 수는 없는 거야. 연보라, 서두르지 말자. 하지만 자꾸 떠오르는 태근이 얼굴 때문에 화가 났다.

"미치겠네."

나는 손가락을 세워 머리를 박박 긁었다.

"왜 그래? 어디 아파?"

김민이 놀라서 물었다. 놀라서 동그래진 눈이 참 깊게 느껴졌다. 속눈썹도 짙고 길었다. 순진해 보였다. 노란 머리로 염색하기보다는 자연스럽게 두는 것이 더 나을 거 같다는 생각이 들었다. 그런데 김민, 저 아이, 참견하기 무지하게 좋아하는 타입인 거는 확실하다.

"나, 저 기분 알지. 딱 차이고 온 얼굴이네."

철제 사물함 문을 닫던 서연지가 힐끗 보며 말했다.

"그런 말을 함부로 하면 어떻게 해? 상대편 입장도 생각해 줘야지."

김민이 서둘러 서연지에게 손사래를 쳤다. 얘들이 지금 뭔 소리를 하는 거야.

"왜? 보이는 대로 말도 못 해?"

서연지가 발끈했다.

"차였든 찼든 결론은 실패한 거잖아. 그래서 뭘 좀 잘해 보겠다고 이 학교에 온 거고. 둘 다 똑같은 처지에 왜 이렇게 시끄럽게 해? 점심 먹기 전까지 잘 거니까 좀 조용히 해 줘."

황소윤이 이불을 뒤집어 쓴 채 신경질을 부렸다. 이건 또 무슨 소리? 결론은 실패를 해서 이 학교에 온 거라니. 내가 무슨 실패를 했는데?

"점심 안 먹었어? 오늘은 점심 먹고 오라고 메일로 안내장 왔는데. 나는 오면서 휴게소에서 우동 먹었어."

김민이 말하는 순간 황소윤이 이불을 확 젖히고 일어났다. 그러더니 다시 누우며 "그래, 어차피 밥 먹고 싶은 생각도 없다." 이랬다.

나도 점심을 먹지 않기는 마찬가지였다. 엄마는 그런 안내를 받았던 것조차 까마득하게 잊은 듯했다. 그러니까 급식이 좋다는 말을 하면서도 오늘 점심에 대해 아무 말도 없었던 거다. 짜증이 날

만큼 배가 고픈 것은 아니었지만 어쩐지 억울했다. 우리 엄마, 딸을 이런 데 두고 가면서 무지하게 설레고 신났나 보다. 그러니 하루 세 끼, 먹는 거에는 철저했던 엄마가 그것도 모르고 있는 거지.

"차인 게 뭔데? 실패는 또 무슨 말이야?"

어차피 점심도 안 주니 시간도 많고 딱히 할 일도 없어 김민에게 정보나 캐내고자 마음먹었다. 사실 내 느낌에 의하면 엄마도 이 학교에 대해 자세히 모르고 있는 거 같았다. 민규 아저씨만 철석같이 믿은 거다. 만약 이 학교, 조금이라도 이상한 학교라면 민규 아저씨, 큰 실수 한 거다. 내가 집으로 돌아가는 날이 엄마와 민규 아저씨가 눈물 콧물 흘리며 헤어지는 날이다.

"이 학교에 대해 모르고 온 거야? 헐."

김민이 혀를 목구멍 안으로 깊숙이 말아 '허얼' 하며 고개를 좌우로 흔들었다. 엄마 말로는 마음을 편하게 해 주고 행복해지는 걸 가르친다고 했다. 그 말을 들으면서 인문학 교실 같은 거라는 생각은 잠깐 했다. 어차피 뭘 배우든 눈알 빠지듯 열심히 하고 싶은 생각은 없었고, 그래서 더 자세히 물어보지 않았던 거다.

"이상하다. 이 학교에 들어오려면 자기 소개서 내야 되는데. 너 자기 소개서 안 썼어?"

자기 소개서? 금시초문이다.

"여긴 연애하는 법을 가르치는 학교야. 연애하는 데는 꽝인 애들을 모아 놓고, 연애 박사로 만드는 학교지. 자기 소개서를 보고 소수 정예로 뽑는다고 했는데."

이게 무슨 자다가 남의 허벅지 박박 긁는 소리람. 연애 박사를 만들어 주는 학교라니. 허얼! 그런 것을 가르치는 학교가 다 있어? 그것도 금시초문이다.

"여, 여, 연애하는 방법을 가르치는 학교?"

하도 당황스러워서 말까지 더듬었다.

"그래. 내가 신입생 모집 요강 뽑아 왔어. 보여 줄까?"

김민이 가방에서 종이 한 장을 꺼내 펼쳤다.

* * *

10대를 위한 연애 학교
여름 학기 신입생 모집

☑ '쟤는 나보다 안 예쁜데 왜 인기가 많지?'라고 생각하나요?

예쁜 것과 인기 있는 건 엄연히 다릅니다. 예뻐도, 못생겨도 사랑받는 법은 따로 있습니다!

☑ 새로운 친구를 사귀는 게 어렵거나, 새 학기가 시작되는 게 두려운가요?

편한 학교 생활을 위해서는 성적도 중요하지만, 함께 지낼 친구들과의 원만한 관계도 중요합니다!

☑ 머릿속에 이성 친구 생각으로 가득 차 있나요?

이성 친구와 어떻게 대화해야 할지 모르겠다고요? 매끄럽게 대화를 이어 갈 수 있는 대화법을 알려 드립니다!

☑ 사는 게 답답하고 힘들다고요?

까다롭고 예민한 마음을 편안하게 만들어 주는, 10대만을 위한 다양한 커리큘럼을 만나 보세요!

이 중 하나라도 자신의 이야기 같다면, 혹은 한 달 동안 엄청난 변화에 도전해 보고 싶다면, 연애 박사가 되는 지름길! 연애 학교에 망설이지 말고 지원하세요.

* * *

엄마 미친 거 아니야? 나를 왜 이 학교에 보낸 거야? 그렇다면 내가 써야 할 자기 소개서도 엄마가 쓴 거잖아. 엄마가 내 연애에 대해 아는 게 뭐가 있다고. 내가 실패를 했는지 성공을 했는지 엄마가 어떻게 알아서 마음대로 이곳에 보내냐고. 그리고 실패를 했어도 그래, 누가 연애 잘하는 방법을 배우고 싶댔어, 지금!

"미쳤어."

정작 연애 박사가 될 사람은 엄마 아닌가? 고도의 연애 기술을 배워 딸인 나한테 들키지 않고 연애할 수 있는 방법이나 배우라고. 매일 허술하니 들키지 말고.

"진짜 모르고 온 거야? 한심하다. 자기가 어디에 가는지도 모르고 오다니. 자기 소개서를 본인이 직접 쓰지 않으면 안 된다고 했는데? 소수 정원제라고 큰소리 빵빵 쳐 놓고 이렇게 허술하면 안 되지."

서연지가 거울과 미용 가위를 꺼내 눈썹 정리를 시작하며 말했다.

"엄마한테 그냥 등 떠밀려 온 거야? 학원에 등 떠밀려 가는 애들처럼?"

김민이 안타까운 표정을 지었다.

"마음 편해지고 행복해지는 방법을 가르친다고 했어. 그 말만 들었는데……."

나는 뭐에 홀린 듯 중얼거렸다. 생각하면 생각할수록 어이없다. 이런 학교가 있다는 것도 그렇고 엄마가 나를 이런 곳에 보낸 것도 그렇고.

"그래. 연애 기술을 습득해서 멋지게 연애하게 되면 마음 편하고 행복해지는 거니까. 아하하."

서연지가 가위질을 멈추고 웃었다. 나는 목젖까지 훤히 보이도록 입을 벌리고 웃는 서연지를 멍하니 바라봤다.

연애 잘하는 방법 같은 거 필요 없다. 보내려면 태근이와 사귈 때 보내든가. 지금은 누굴 사귀고 싶은 마음은 눈곱만큼도 없다. 지겹고 힘들다. 쉬고 싶다. 잘 보이고 싶고, 예쁘게 보이고 싶은 그 피곤함에서 벗어나고 싶다. 그리고 그런 걸 배우다 보면 나도 모르게 태근이가 보고 싶어질 수도 있다. 배운 것을 태근이에게 실험해 보고 싶을 수도 있다. 이건 혹 떼러 왔다가 혹 하나 더 붙이고 가게 생겼다.

몸을 돌려 다시 운동장을 바라봤다. 잦아들었던 비가 다시 쏟아지고 있었다. 굵은 빗방울에 파여 가는 운동장을 바라보며 골똘히 생각했다. 엄마는 태근이와 나 사이를 모른다. 태근이라는 아이가 있는 거조차 모른다. 그런데 왜 나를 이곳에 보냈을까?

'맞아.'

나는 아랫입술을 질끈 깨물었다.

엄마는 민규 아저씨와 자연스럽게 사귀기 위해 나를 여기에 보낸 거다. 연애에 대해 배우게 하면 엄마와 민규 아저씨 사이를 이해할 수 있을 거라고 믿으면서 말이다. 이 작전은 물론 민규 아저씨 머리에서 나왔을 거다. 배신감이 몰려왔다. 나는 당장 엄마에게 전화했다. 아직 운전 중인지 전화를 받지 않았다.

각자의 사연들

점심을 먹지 않아서인지 저녁 시간까지 꽤 길게 느껴졌다. 김민이 휴게소에서 샀다는 간식 두 봉지를 중간에 놓고 네 명이 모여 앉았다. 황소윤은 먹기 싫다고 했는데 김민이 억지로 침대에서 끌어내려 앉혔다.

"됐다니까 왜 귀찮게 굴어?"

황소윤은 앉으면서까지 투덜거렸다.

"단체 생활하는데 네가 하고 싶은 대로 멋대로 하면 왕따당해. 먹고 싶지 않아도 먹어."

서연지가 한마디 했다. 그러자 황소윤은 서연지를 쏘아봤다. 소름이 돋을 정도로 섬뜩한 눈빛이었다.

나를 제외한 셋은 이 학교에 대해 확실한 정보를 알고 왔다. 알고 왔다는 애들이 웃겼다. 연애라는 것이 배운다고 잘할 수 있는 건가? 그건 직접 경험해 봐야 하는 거 아닌가? 이론으로 배우고 박사가 된들 과연 실생활에 활용할 수 있을까?

이모가 떠올랐다. 이모는 결혼하기 전에 반찬 만드는 거를 배운다고 요리 학원에 다녔다. 하지만 결혼한 직후 음식 솜씨는 꽝이었다. 매일 요리책을 펴 놓고 작은 스푼으로 하나, 큰 스푼으로 둘, 설탕 10그램, 소금 20그램……. 이러고 따지면서 시간을 보냈고, 이모부는 결혼 후 석 달 동안 고추장에 밥을 비벼 먹거나 라면으로 때웠다고 했다. 결국 이모는 요리책을 덮고 음식을 하기 시작했고 지금은 한식이면 한식, 양식이면 양식, 유명 셰프 저리 가라다. 이론으로 되는 것이 있고 직접 경험하는 게 더 빠른 것이 있다. 연애는 음식과 마찬가지다. 뭐, 순전히 내 생각이지만 말이다.

더 웃긴 거는 딸들에게 연애하는 법을 배우라고 이 학교에 보낸 애들 엄마 아빠다. 다른 아이들은 머리 터지게 공부하고 있는데 이런 곳에 보내 시간을 허비하게 하고 싶을까. 딸들이 연애한다고 하면 대학 들어가서 해도 늦지 않다고 잔소리하며 뜯어말리는 사람들이 원래 엄마 아빠들 아닌가? 다들 우리 엄마처럼 남자 친구와의 연애와 결혼을 위해 딸의 이해와 배려가 필요한 상황은 아닐 테고 말이다.

"연애 잘하는 법 같은 거 배워서 뭐 할 건데?"

나는 오징어를 잘근잘근 씹으며 김민에게 물었다. 오징어를 씹다 보니 또 태근이가 생각났다. 이 오징어 다리처럼 태근이도 이 아이 저 아이 어깨에 손을 척척 다정하게 걸쳤을 거다. 그 생각을 하자 잔잔하던 가슴이 일렁이기 시작했다. 한숨이 나왔다. 모든 것이 다 태근이와 연결된다.

"나는 지금까지 단 한 번도 남자 친구를 사귀어 보지 못했어. 사귀고 싶은 마음은 있는데 잘 안 돼. 차일 때 차이더라도 남자 친구 한 번 있어 봤으면 좋겠어."

김민이 놀라운 고백을 했다. 얼굴이나 몸매나 상당히 수준급인데 중학교 1학년인 지금까지 한 번도? 혹시 성질이 더럽나? 먼저 다가와 이것저것 물어보고, 사 온 과자를 나눠 먹을 줄 아는 걸 보면 괜찮은 성격인데. 눈에 띄지 않는 결정적인 단점이 있나?

"야, 다 좋은데 차이고 싶다는 말은 하지 마라. 그거 네가 몰라서 그러는데 기분 엄청 더러워. 완전히 변기통에 얼굴 집어넣는 기분이야."

서연지가 과자를 한 줌 쥐어 입에 털어 넣으며 말했다. 입술 색깔 봐라, 쥐 잡아먹은 고양이마저도 울고 갈 입술이다. 남한테는 명품 흉내 내다 망한 케이스니 어쩌느니 하더니 자기 입술에 바른 립스틱은 싸구려 티가 팍팍 났다.

"많이 차여 봤어?"

김민이 서연지 앞으로 바짝 다가앉았다. 표정이 심각했다.

"아, 됐어. 말하기 싫어. 기분 더럽다고 하면 알아차려야지 뭘 물어?"

서연지는 침대에 걸터앉아 다듬다 만 눈썹을 다듬기 시작했다.

황소윤은 자기에 대해 어떤 말도 하지 않았다. 차였는지 찼는지, 남자 친구를 사귀어 봤는지 사귀어 보지 못했는지, 작은 정보도 주지 않았다.

"그런데 궁금해서 물어보는 건데, 너희 엄마들은 너희를 왜 이 학교에 보낸 거야?"

진심으로 궁금했다.

"그러는 너희 엄마는?"

서연지가 가위에 묻은 눈썹을 탁탁 털며 힐끗 바라봤다. 질문에 대답하기 전 상대부터 알고 들어가자는 뜻이다. 예민한 사람은 예민한 사람을 알아본다. 아무 말이나 툭툭 던지는 거 같아도, 겉으로는 털털하고 한심한 불량기만 보일 수 있지만 이 아이, 무척이나 예민하고 민감한 아이이다.

"우리 엄마가 지금 연애 중이거든. 결혼까지 생각하는 모양인데, 내가 엄마 연애를 반대하고 있어. 아마 내 이해가 필요해서 보낸 거 같아."

솔직하게 말했다. 사람을 처음 만났을 때 가장 중요한 것은 솔직함과 진실이다. 그래야 상대도 진실되게 나올 확률이 높다. 나는 거짓말이 세상에서 제일 싫다. 물론 진실되게 대해도 그걸 까뭉개는, 싸가지를 엿 바꿔 먹은 부류의 인간이 가끔 있기는 하다. 태근이처럼. 하지만 그걸 걱정해서 거짓으로 나를 포장하는 것은 옳지 않다.

"엄마 아빠가 이혼했어?"

서연지가 물었다.

"아니. 우리 엄마, 원래부터 혼자였어. 아빠인지 누군지는 우리 엄마가 임신했다는 거를 아는 순간 도망쳤고, 엄마 혼자 나를 낳아 키운 거지."

너무 담담하게 말했나? 김민과 서연지, 그리고 황소윤은 어떤 표정을 지어야 할지 난감해하는 거 같았다.

“하지만 난 그런 거 한 번도 신경 안 썼어.”

나는 쿨 하게 말했다.

“대단하다. 어떻게 그게 신경 안 쓰여?”

사실 한 번도 신경 안 썼다는 말은 거짓말이다. 엄마한테 말을 안 하고, 친구들에게 표를 내지 않았을 뿐. 초등학교 5학년 때, 나에게는 이른 사춘기가 찾아왔다. 그때는 엄청나게 신경 쓰였다. 다른 애들이 아빠 이야기를 할 때면 부러웠고 캄캄한 밤, 혼자 집에 있을 때는 우리 엄마는 왜 나를 낳았을까, 차라리 낳지 말지, 이런 원망도 수시로 했다. 나는 5학년 때 두 번의 가출을 했다. 자전거를 사 달라고 했을 때 엄마가 단칼에 거절했다. 민지네 집에서 자고 온다고 했을 때에도 엄마는 조금의 고민도 없이 거절했다. 그 두 날이 내 두 번의 가출날이다. 둘 다 하루 만에 잡혀 온 가출이지만. 나는 자전거를 안 사주고, 민지네 집에서 못 자게 해서 가출한 것이 아니다. 그건 핑계였다. 마음속에서 용암처럼 끓고 있는 엄마에 대한 안타까움과 원망, 그리고 아빠라는 사람에 대한 미움. 그런 것의 표출을 짧은 가출로 대신했던 거다. 다행인 것은 엄마에게 속마음을 들키지 않고 사춘기를 보냈다. 다른 쪽으로는 엄마를 달달 볶아도, 아빠 문제만큼은 그렇게 지나갔다. 그게 나를 혼자 낳고 키운 엄마에 대한 의리라고 생각했다.

“너도 대단하지만 너희 엄마도 대단하다.”

눈썹 정리를 마친 서연지는 이번에는 마스카라를 꺼내 들며 말했다. 저 얼굴, 아무리 다듬고 발라 대도 별로 달라질 거 없는데 용쓴다.

"용기 죽이네."

황소윤이 혼잣말처럼 서연지 말에 맞장구쳤다.

"무지 무서웠겠다. 혼자 아기를 낳을 때 말이야."

김민이 몸을 부르르 떨며 울상이 되었다. 목소리도 떨렸다. 내가 미안할 정도로 민감한 반응이었다.

"그럼 너희 엄마, 이제 연애해도 되겠네. 결혼해도 되는 거 아니야? 그런데 왜 반대해?"

황소윤이 나지막한 목소리로 물었다.

나는 대답 대신 눈을 가늘게 뜨고 빈 과자 봉지를 바라봤다. 그건 말로 설명할 수 없다. "이건 이렇고 저건 저래."라고 잘라 설명하기에는 너무 복잡하다. 민규 아저씨와 엄마! 이리 재고 저리 재 봐도 어쩐지 엄마가 손해 보는 거 같다. 민규 아저씨가 바람둥이처럼 생겼다는 이유도 있다. 바람둥이들은 책임이라는 것과는 거리가 멀다. 자기가 한 말도 금방 잊어버린다.

'아, 맞아.'

나는 내 왼손 약지를 바라봤다. 커플링! 이걸 아직 끼고 있었네. 커플링을 나눠 낄 때만 해도 태근이는 나만 좋아할 거 같았다. 말도 얼마나 빤질빤질 윤기 나게 잘하던지. 그런데 그 말이 거품이었다. 어느 날 흔적도 없이 사라지는 비누 거품. 나는 반지를 빼서 주머니에 넣었다.

어쩐지 민규 아저씨도 엄마를 끝까지 지켜 주지 못할 거 같았다. 그리고 한결같이 친구라고 우기는 것도 싫다. 엄마는 원래 거짓말 같은 거는 하지 않는다. 내가 유치원 다닐 때 같은 반 엄마들한테도 싱글맘이라고 당당하게 말했고 초등학교에 입학했을 때도 그랬다. 결국은 엄마와 민규 아저씨가 친구 사이가 아니라 애인 사이인데도 엄마가 자꾸 거짓말을 하는 것은 민규 아저씨 작품이다. 민규 아저씨가 그렇게 말하라고 시킨 거다. 이래저래 마음에 드는 구석이라고는 눈을 씻고 찾아봐도 없다, 그 아저씨!

"너희 엄마는? 이런 곳에 보내 줄 만큼 개방적이야?"

나는 속눈썹에 마스카라 떡칠을 하고 있는 서연지를 바라봤다. 저 정도 바르면 속눈썹 무게가 장난 아닐 텐데, 눈이 떠진다는 게 신기했다.

"내가 인터넷에서 이 학교에 대해 알아냈지. 그래서 엄마랑 협상했어. 이번 여름 방학에 여길 보내 주면, 2학기 때는 엄마가 다니라는 학원에 군말 하지 않고 다니고 겨울 방학 때도 나를 구워 먹든 삶아 먹든 엄마 마음대로 하라고. 모집 마감일 3일 앞두고는 밥도 굶으면서 투쟁해서 겨우 허락을 받아 냈어. 자기 소개서도 이틀 밤을 새워 가며 썼고. 너도 너희 집 비밀을 다 말해 주었으니까 나도 사실대로 말할게. 나는 지금까지 남자 친구를 세 번 사귀어 봤는데 모두 차였어. 그런데 중요한 것은 차인 이유를 모른다는 거야. 이건 아주 큰 문제야. 앞으로도 그럴 확률이 높다는 거지. 나는 내 문제가 뭔지 알아야 한다고 생각했어. 이건 내 인생에 있어서 공부만큼 중요한 일이야."

서연지가 나를 빤히 쳐다봤다. 밥까지 굶어 가며 투쟁했다는 말에 경건한 마음이 들었다. 그런데 그렇게는 안 쳐다봤으면 좋겠다. 한쪽 눈은 마스카라 떡칠을 하고 한쪽 눈은 마스카라를 하지 않은, 저 짝짝이 눈이 이렇게 무서울 줄이야.

"나는 쉽게 허락받았어. 이 학교가 있다는 정보를 인터넷에서 봤는데 진짜 오고 싶더라고. 나도 남자 친구를 사귀어서 밤새 문자 주고받는 거를 되게 해 보고 싶었거든. 엄마한테 말했더니 이번 여름 방학은 놀아 보래. 노는 것도 공부라고."

김민의 꿈은 순진하고 단순했다. 겨우 밤새 문자 주고받는 거라니. 하긴 남자 친구를 사귀어 보지 않았으니 단순한 꿈을 꾸지. 문자를 주고받다 보면 통화를 하고 싶고, 통화를 하다 보면 얼굴이 보고 싶다. 그게 연애다.

"노는 것도 공부? 엄마한테 그런 말도 듣고 사니? 혹시 너 공부 잘하냐?"

서연지가 물었다.

"초등학교 입학부터 지금까지 무조건 올백. 세상에서 공부가 제일 쉬워."

공부가 제일 쉽다고 말하는 재수 없는 인간들은 어떻게 생겼나 궁금했는데 의외로 착하고 순진하게 생겼다.

이번에는 모두의 눈이 황소윤에게 향했다.

"나는 뭐…… 궁금해서 한번 와 본 거야. 엄마도 궁금해서 나를 보낸 걸 거고."

그때 방송이 나왔다. 저녁 시간이라고 1층 급식실로 내려오라고 했다.

급식실은 1층 복도 맨 끝에 있었다. 핑크색 페인트를 칠한 문을 열자 음식이 담긴 쟁반 옆에 서 있는 급식 도우미가 보였다. 재빠르게 음식을 훑어봤다. 이름이 뭔지 모르겠지만 윤기가 흐르는 반찬들은 하나같이 맛있고 고급스러워 보였다.

"다 왔군. 식판을 들고 밥 받도록."

우리 넷이 급식실로 들어서기 무섭게 교장이 기다렸다는 듯 말했다.

"우리가 다예요? 다른 애들은요?"

서연지가 물었다.

"남학생들은 이미 먹었다."

"여자애들은 우리 넷이 다예요?"

서연지가 다시 물었다.

"남자 넷, 여자 넷. 올 여름 학기 학생은 모두 여덟 명이야. 우리 학교는 정원이 여덟 명이거든."

이 큰 학교에 여덟 명이라니! 그야말로 소수 정원제다. 소수 정예에 기숙 학교, 그리고 이렇게 근사한 급식! 등록금이 비싸도 보통 비쌀 거 같지 않다. 아마 내로라하는 유명한 학원비보다 더 비싸면 비쌌지 덜하지는 않을 거다. 엄마, 진짜 미쳤구나!

엄마는 넉 달 전부터 백수다. 엄마가 다니던 회사에서 인원을 감축했는데 계약직이던 엄마는 제일 먼저 잘렸다. 지금 엄마는 다른 회사를 찾아보고 있는데, 사람을 잘 뽑지 않아 취직하기가 하늘에

별 따기란다. 돈 나올 구석이라고는 전혀 없으면서 뭔 배짱으로 이런 학교에 보낸 거야. 설마 민규 아저씨가 돈을 대 준 거는 아니겠지? 아니, 아니다. 우리 엄마, 남의 돈을 받을 만큼 자존심을 내다 버린 사람은 절대 아니다. 그것만은 믿는다.

"그런데 왜 급식을 따로 먹어요? 급식실이 좁은 것도 아니고 여덟 명이 같이 먹어도 상관없을 거 같은데요?"

서연지가 짝짝이 눈을 깜박거리며 급식 도우미에게 물었다. 서연지와 눈이 마주친 급식 도우미의 심정이 이해가 가면서 피식 웃음이 나왔다.

"먹는 게 다르니까."

급식 도우미는 무덤덤하게 말했다. 그 순간 이쪽을 바라보던 교장이 바람처럼 달려왔다.

"뭘 물어본 거니?"

교장은 다짜고짜 서연지에게 따지고 들었다. 서연지가 어리둥절한 표정으로 교장을 빤히 바라봤다. 어리둥절하기는 나도 마찬가지였다. 서연지가 궁금해하는 건 누구든 궁금해할 수 있는 거다.

"여덟 명밖에 안 되는데 왜 급식을 따로 먹느냐고 물어봤을 뿐이에요. 제가 무슨 국가 기밀이라도 물었어요? 왜 화를 내고 그러세요?"

서연지는 억울하다는 듯 말했다.

"밥을 먹을 땐 밥만 먹으면 된다, 쓸데없는 거 물어보지 말고."

교장은 우리 넷이 밥과 반찬을 다 받아 탁자로 돌아갈 때까지 급식 도우미 옆에서 지키고 서 있었다.

"혹시 남자애들한테 더 좋은 음식을 주는 거 아니야?"

그렇지 않고서야 그 상황이 당황해하거나 화낼 상황은 아니었다.

"급식 도우미가 분명 그렇게 말했지? 먹는 게 다르다고."

"맞아, 그랬어. 나도 분명히 들었어."

서연지가 또 눈을 깜박거렸다. 다음부터는 마스카라는 하지 말라고 말해 주어야겠다. 남의 눈이지만 되게 신경 쓰였다.

"남자애들이랑 우리가 먹는 급식이 다르다는 말인데 교장이 놀라는 걸 보면 남자애들 급식이 우리보다 훨씬 좋다는 뜻이지."

"말도 안 돼. 선생님!"

내 말이 떨어지기 무섭게 서연지가 자리를 박차고 일어났다.

"세상에서 제일 나쁜 게 차별이에요. 다른 걸로 차별받아도 기분 나쁜데 먹는 거 갖고 차별당하면 기분이 어떤지 아세요? 제가 많이 당해 봐서 알거든요. 우리 할머니는 남아 선호 사상이 투철한 분인데 맛있는 게 있으면 제 동생만 줘요. 그럴 때마다 기분 더러워요."

서연지, 저 아이, 알면 알수록 불쌍한 아이다. 남자 친구를 사귀었다 하면 차이고 집에서도 찬밥 신세다. 그런데 더럽다는 말은 안 하는 게 좋을 뻔했다.

"뭐라고? 누가 먹는 거 갖고 차별을 해? 증거 있나? 뚜렷한 증거도 없이 그런 말을 하다니. 그리고 더러운 게 뭔가? 그게 학생이 선생에게 할 소리인가?"

교장이 소리쳤다. 그럴 줄 알았다.

"그냥 주는 대로 먹자. 교장 선생님 눈 좀 봐, 무서워."

김민은 겁에 질려 아예 탁자 밑으로 기어 들어갈 태세였다.

"왜 화를 내세요? 저 아줌마가 아까 분명히 말했다고요. 먹는 게 다르다고."

서연지가 급식 도우미를 가리키자 교장은 눈을 부라리며 급식 도우미를 쏘아봤다. 저런 성격, 가끔은 옆에 있는 사람까지 당황스럽게 만든다. 그런데 급식 도우미! 보통 배짱이 아니었다. 학생을 차별해서 먹이는 것은, 어떻게 보면 학교로서는 엄청난 비밀인 거다. 그런데 그런 비밀을 아무렇지도 않게 발설해 놓고 얼굴색 하나 변하지 않으니 말이다. 교장이 화를 내거나 말거나 급식 도우미는 싹싹쓱쓱! 소리도 경쾌하게 설거지를 하고 있었다.

은밀한 대화

잠이 오지 않았다. 잠자리가 바뀐 탓도 있지만 머릿속도 뒤숭숭했다. 밤이 깊어지자 다시 비가 쏟아졌다. 천둥 번개를 동반한 폭우였다. 번개가 치자 부서져 내리는 빛이 커튼을 뚫고 들어왔다. 높은 천장에 검은 그림자가 어른거리다 사라졌다. 사람 그림자였다. 등골이 오싹했다. 나는 이불을 목까지 당겨 꼭 잡았다. 진짜 사람 그림자는 아닐 거야, 침대나 사물함 그림자일 거야. 스스로 달래 봤지만 무서움은 쉽게 사라지지 않았다. 이 와중에 오줌이 마려웠다. 참아 보려고 했지만 참으려고 하면 할수록 방광은 부풀어 올랐다.

화장실은 복도에 있다. 나갈 자신이 없었다.

"리모델링 좋아하네. 리모델링이라는 말이나 하지 말지."

건물이나 집을 리모델링할 때는 가장 중요한 것이 편리성이다. 화장실 같은 것은 방과 가까워야 좋고 되도록 방 안에 있는 것이 편리하다. 그런데 화장실이 복도에 있다니! 싹 리모델링했다는 새빨간 거짓말의 가면을 쓰고 폐교의 본래 모습을 90프로 이상 간직

하고 있는 학교다. 비 쏟아지는 밤, 폐교 화장실이라니 도저히 못 가겠다. 아아, 방광 터지겠다.

나는 하는 수 없이 김민을 흔들었다. 애가 착해 보였다. 이해와 배려심도 있어 보였다. 화장실에 같이 가자고 하면 가 줄 수도 있다. 김민이 오늘 같이 가 주면 다음에는 내가 따라가 주고, 서로 돕고 살면 좋은 거다.

"저, 저기……."

"누, 누, 누, 누구야?"

김민 목소리가 바람에 흔들리는 나뭇잎처럼 떨렸다. 놀란 모양이었다.

"나야, 연보라."

나는 김민이 자신을 흔든 존재에 대해 무시무시한 상상을 하기 전에 서둘러 나임을 알렸다.

"연보라? 아하 연보라. 그런데 왜?"

"미안한데 화장실에 같이 가 줄래? 무서워서 혼자 못 가겠어."

아랫배는 이미 부풀 대로 부풀어 터지기 직전이었다. 아랫배를 꾹꾹 누르며 다리를 배배 꼬는데 식은땀이 났다.

김민은 순순히 일어났다. 한마디 불평도 없었다.

– 드르륵

문 여는 소리는 빗소리와 섞여 마치 젖은 북소리처럼 들렸다.

화장실 입구에서 불을 켰을 때 눈에 들어오는 화장실 모습은 낮에 보던 것과는 달라도 한참 달랐다. 낡은 벽에 겨우 매달려 있는 창틀은 그리 심하지 않은 바람에도 금세 쏟아질 듯 흔들렸다. 천장에는 얼기설기 거미줄이 쳐 있고 한쪽 구석에는 주먹이 들어갈 크기의 구멍이 뚫려 있었다. 이게 리모델링한 거야? 리모델링이라는 말이 땅을 치고 억울해하겠다.

"문 열어 놓고 눠."

김민이 말했다.

"뭐?"

"문을 닫으면 너도 무섭고 나도 무섭잖아."

듣고 보니 맞는 말이었다. 닫힌 문과 열린 문은 천지 차이다. 닫힌 문을 사이에 두고 양쪽에서 수많은 일이 일어날 수 있다. 특히 이렇게 미친 듯 비가 쏟아지는 밤, 폐교에서는 더더욱 그렇다. 하지만 문을 열어 놓고 볼일 보는 거는…… 좀 그렇다.

"괜찮아. 뒤돌아 있을게."

김민이 내 마음을 읽었다.

금방이라도 폭포처럼 터져 나올 거 같던 오줌은 시원스레 나오지 않았다. 누군가에게 볼일 보는 소리를 들려준다는 것. 그것 역시 문이 닫혔을 때와 열려 있는 상태는 천지 차이다. 오늘처럼 오줌 누기 힘든 날은 태어나서 처음이다.

"무슨 말이든 하자. 정막이 흐르면 더 무섭거든."

김민이 말하는 바람에 나오려던 오줌이 도로 들어갔다.

"할 말 없어? 그럼 너는 오줌 눠. 내가 말할게. 무슨 말을 할까? 음…… 나는 사촌들이 넷 있어. 우리 아빠가 막내라서 사촌들은 모두 고등학생, 대학생이야. 그런데 다들 공부를 잘해. 공부만 잘하는 게 아니라 모든 면에서 완벽해. 우리 엄마는 내가 아주 어렸을 때부터 사촌 언니, 오빠들처럼 되라고 했어. 그러지 않으면 큰엄마 둘에게 창피하다고. 하지만 모든 면에서 완벽한 사람이 되는 거는 쉽지 않아. 나는 혹시라도 내가 실수를 할까 봐 항상 두려워. 그래서 무슨 일이든지 조심하는 편이야."

김민은 숨도 쉬지 않고 재잘거렸다. 김민 말이 틀리지 않았다. 목소리가 들리니까 다른 무서운 상상을 하지 않을 수 있었다.

오줌을 누고 화장실에서 나와 불을 끄려고 스위치를 잡는 순간

– 파팟

뭔가 충돌하는 소리와 함께 저절로 불이 꺼졌다.

"뭐야?"

심장이 쪼그라드는 기분이었다. 이거 공포 영화에 자주 등장하는 장면 아닌가? 한밤중에 갑자기 정전이 되는 거 말이다. 누가 먼저랄 것도 없이 나와 김민은 손을 꼭 잡았다. 환했다가 갑자기 어두워진 주변. 아직 채 어둠에 익숙해지지 않은 눈으로 둘은 더듬더듬 복도를 걸었다. 더듬이를 잃은 곤충처럼 몸이 흔들렸다. 불과 10미터 정도의 거리가 100미터도 넘게 느껴졌다.

막 숙소 문을 열려는 순간이었다. 빗소리 사이로 사람 목소리가 들렸다. 나는 손을 멈췄다.

"왜?"

"무슨 소리가 났어."

"무슨 소리?"

내 손을 잡은 김민 손에 힘이 들어갔다.

"사람 소리였어."

"아, 무서워. 빨리 들어가자."

김민이 재촉했다. 그때였다. 다시 사람 목소리가 들렸다.

"들었지?"

심장이 폭발할 거 같았다. 어둠 속에서 김민의 눈동자가 보였다. 얼마나 놀랐는지 눈동자 하나가 쟁반처럼 커다랬다.

"그, 그, 그냥 들어가자."

김민 손이 달달 떨렸다.

"문 여는 소리가 들리면 우리가 여기에 있었던 거를 들키게 되는 거야."

나와 김민은 문을 열지도 못한 채 그 자리에 서 있었다.

목소리는 계단 쪽에서 들렸다. 두런두런, 쑥덕쑥덕! 가만 듣다 보니 목소리가 낯익었다. 누구더라? 생각이 날 듯 말 듯 했다. 나는 천천히 목소리가 나는 쪽으로 몸을 돌렸다. 그리고 그곳으로 한 발 한 발 걸음을 내딛었다. 김민이 내 옷자락을 힘껏 잡아당겼다. 가지 말라는 뜻이다. 하지만 김민은 어쩔 수 없이 나를 따라오고 있었다.

복도 벽을 짚고 천천히 걸었다. 3층에서 2층으로 내려가는 계단에 검은 물체가 어른거렸다. 사람이었다.

"내가 조심하라고 했잖아. 이번 기회가 마지막이라는 걸 몰라? 나와 너희들은 지금 벼랑 끝에 서 있어. 여기에서 떨어지면 끝이라고.

어떻게 해서든지 버텨야 적어도 너희들이 아직은 필요하다는 걸 알리게 되는 거야. 나는 너희들에게 30년이 넘는 시간을 바쳤어. 그걸 허무하게 끝낼 수 없다고. 다시 한 번 말하지만 조심해. 시간 날 때마다 여기저기 점검하고 확인하는 거 잊지 말고. 자신을 돌보는 일에 게을리하지 말라는 말이야."

드디어 생각났다. 교장이다.

교장은 했던 말을 하고 또 했다. 교장이 끊임없이 하는 말은 점검하고 확인하고 조심하라는 말이었다. 교장 앞에 서 있는 사람이 누구인지는 알 수가 없었다. 그 사람은 단 한 마디도 하지 않았다. 이제 보니 쑥덕쑥덕 두런두런이 아니라 오로지 교장 혼자 하는 말이었다.

한참 후 교장이 말을 마쳤다. 한 사람은 계단 아래로 내려가고 한 사람은 3층으로 올라오는 것 같았다. 나는 벽에 더 바짝 붙어 섰다.

– 뚜벅뚜벅

3층으로 올라온 사람은 여학생 숙소와는 반대편으로 걸어갔다. 그리고 드르륵! 문 여닫는 소리와 함께 사라졌다.

나와 김민은 한참 동안 그 자리에 서 있다 숙소로 들어왔다.

"3층에 누군가 또 있다는 말이잖아? 급식 도우미인가? 아니면 선생님? 그러고 보니 우리를 가르칠 선생님들은 한 명도 못 본 거 같아. 급식 도우미와 교장 선생님, 둘밖에 못 봤어. 저쪽 복도 끝에 선생님들 방이 있나 봐. 그런데 무슨 죽을죄를 지었다고 한밤중에 불러내서 야단을 치냐?"

처음부터 눈치는 챘지만 교장 성깔 보통이 아니다. 자기 마음에 들지 않는다고 한밤중에 사람을 불러내 야단치는 걸 보면 말이다.

"너희들은 잠자다 말고 왜 이렇게 수군거려?"

어둠을 가르고 서연지의 짜증 섞인 목소리가 들렸다.

"오늘 본 거는 일단 비밀로 하자."

나는 김민 귀에 대고 속삭였다. 서연지에게 교장이 했던 말을 전하면 당장 교장에게 그게 무슨 말이냐고 물어볼 아이다. 공연히 골치 아픈 일이 발생할 수 있다. 김민은 내 손을 꼭 잡는 거로 대답을 대신했다.

몇 시에 잠이 들었는지 얼마나 잔 건지 모르지만 내가 눈을 떴을 때는 두꺼운 커튼 사이로 빛이 새어 들고 있었다. 나는 일어나서 커튼을 젖혔다. 눈부시게 환한 빛이 가슴에 와락 안겼다. 비는 그쳐 있었고 창밖은 온통 물기를 머금은 초록빛이었다.

"재는 왜 새벽부터 일어나서 설치냐? 여기 기상 시간 일곱 시잖아. 기상 시간이 되면 일어나라고."

서연지가 이불을 젖히고 짜증을 부렸다. 뭐야, 재. 잘 때도 립스틱 바르고 잔 거야? 이불 이곳저곳에 온통 립스틱 자국이다. 화장을 못해 보고 죽어서 한이 맺힌 귀신이라도 붙었나. 좀 심하다.

"5분 전이야."

"야, 5분이 적냐? 5분이면 지구 한 바퀴도 돌겠다. 5분 더 자라고."

서연지는 도로 이불을 뒤집어썼다.

나는 전화기를 집어 들었다. 손가락에 힘을 주어 엄마 휴대폰 번호를 눌렀다. 그런데 번호 마지막 숫자 하나가 얼른 생각나지 않았다.

'뭐더라?'

나는 엄마 휴대폰 번호를 생각해 내려고 집중했다. 항상 저장된 '엄마'만 눌러 봤지 숫자 하나하나를 눌러 본 적은 거의 없다.

"미치겠네. 어제는 생각났는데 오늘은 왜 생각이 안 나는 거야."

어제 열 받아서 엄마한테 전화했을 때 분명 거침없이 번호를 눌렀었는데. 결국 엄마 전화번호, 마지막 숫자를 생각하지 못한 채 전화기를 내려놨다. 그때 벽에 붙은 스피커에서 음악 소리가 흘러나왔다. 일어날 시간이라는 신호다.

제1규칙 연애 금지

오늘도 급식실에는 남자애들이 없었다. 이미 아침을 먹었다고 했다.

"먹는 거 갖고 따지지 말자. 주는 대로 먹자고. 사실 반찬이 나쁜 거도 아니잖아. 어젯밤 생각하면 교장 선생님이 더 무서워."

김민은 바짝 얼어 내 옆구리를 찔렀다. 김민은 어제 화장실에서 자신이 말한 대로 겁도 많고 조심스러운 예민한 아이였다. 가만! 이 학교 예민한 아이들만 모여 놓는 곳 아닌가? 나와 서연지, 그리고 김민. 셋 다 그렇다.

나는 묵묵히 밥을 먹고 있는 황소윤을 바라봤다. 황소윤은 자기에 대해 전혀 드러내지 않았기 때문에 예민한 아이인지 아닌지 잘 모르겠다. 하지만 그늘진 얼굴에 살짝 드리워진 불안함이 결코 무심하고 둔한 아이는 아닌 듯했다. 특히 앞머리를 잔뜩 내려 눈까지 살짝 보이지 않게 한다는 거는 자신을 감추고 싶어 하는 아이들 행동 중 하나다.

교장은 아무 말 없이 밥을 먹는 우리를 보고 안심이 되는지 급식실에서 나갔다. 나는 교장이 나간 틈에 슬며시 급식 도우미에게 다가갔다.

"하지 말라니까. 그러다 교장 선생님 들어오면 어쩌려고."

김민이 숟가락을 든 손을 마구 휘저으며 따라왔다.

"궁금하잖아."

교장이 없는 지금이 기회다.

"남자애들은 뭐 먹었어요?"

나는 주렁주렁 거추장스러운 말은 다 빼고 단도직입적으로 물었다. 빈 쟁반을 열심히 닦고 있던 급식 도우미가 고개를 반짝 들었다.

"남자애들 반찬은 뭐였냐고요?"

나는 문 쪽을 힐끔거리며 다시 한 번 물었다.

급식 도우미는 다시 쟁반을 닦기 시작했다. 세제를 얼마나 들이부었는지 수세미가 거품에 묻혀 보이지도 않을 정도였다.

"어젯밤에 교장 선생님한테 야단맞은 게 이 아줌마인 거 같아."

김민이 내 귀에 대고 속삭였다. 김민 말대로라면 아무리 배짱 좋은 아줌마라도 대답할 턱이 없다.

"무슨 말 한 거야?"

그때 서연지가 쪼르르 달려왔다.

"아, 아니야. 반찬 맛있다는 말 했어."

나는 얼른 돌아섰다.

아침을 먹고 나자 시청각실로 모이라는 방송이 나왔다. 현관을 들어서서 오른쪽 끝이 급식실이고 왼쪽 끝이 시청각실이었다.

시청각실에는 교장과 키 큰 남자가 기다리고 있었다. 가만히 있어도 땀이 뻘뻘 나는 이 더위에 남자는 귀를 가리는 모자를 쓰고 있었다. 한겨울 군고구마를 파는 사람들이 쓰는 그런 모자였다. 거기에 다 파란 점퍼를 입었는데 빗물과 바람을 100프로 막아 주는 재질로 만든 점퍼였다. 저걸 입고 있으면 한증막이 따로 없겠다. 남자는 에어컨도 없는 방에서 그런 모자와 옷차림으로 아무렇지도 않은 모습이었다. 설마 저 사람이 선생은 아니겠지?

"강타수 선생님이시다."

교장은 내 생각이 끝나기도 전에 말했다. 급식 도우미만 특이한 줄 알았더니 강사도 평범하지는 않게 생겼다. 어디서 요상한 사람들로 잘도 골랐다.

"말도 안 돼요."

서연지는 발끈했다. 쟤는 오늘도 짝짝이 눈이다. 마스카라를 하려면 두 눈을 다하든가, 아니면 두 눈을 다 하지 말든가. 사람 참 신경 쓰이게 만든다. 쟤, 남자들한테 자꾸 차이는 이유를 모른다고 했는데 나는 단 하루 만에 알 거 같다. 이것저것 뭐든 봐 넘기지 못하고 참견하는 거 20프로, 그리고 바로 저 짝짝이 눈이 80프로다. 매일 저러고 다닐 거 아니야.

"뭐가 말도 안 되지?"

교장도 질세라 덩달아 발끈했다.

"이 학교는 연애를 가르치는 곳이잖아요. 저 선생님께는 배울 게 없을 거 같은데요."

그건 서연지 말이 맞다. 저 얼굴로 어디 연애 경험이나 있겠어? 다시 한 번 말하지만 요리와 연애는 경험이 중요하다.

"외모만 보고 판단하지 마라. 가장 나쁜 습관이다. 내가 지금 네 외모를 보고 너에 대해 단정해 버리면 너는 기분 좋겠니? 그리고 강타수 선생님 혼자만 수업을 하는 것이 아니라 나도 함께할 거니까 큰 걱정은 말고."

맙소사, 그게 더 큰 걱정이다.

"선생님. 질문 있는데요."

서연지가 손을 들었다.

"누구한테?"

"두 분 다요. 혹시 연애는 해 보셨나요?"

"그럼 이 나이가 될 때까지 누구를 좋아해 보지 않았겠나?"

교장이 목을 큼큼거리더니 어깨에 힘을 주었다.

"아니 제 말은요. 선생님이 누구를 좋아했던 경험을 묻는 게 아니고요, 서로 좋아해서 사귀어 본 경험이 있느냐는 거지요. 연애요, 연애."

나도 물어보고 싶었던 말이다.

"왜? 경험이 없어 보이나?"

"전혀요. 짝사랑 경험은 많을지 몰라도요. 하지만 짝사랑 경험은 우리에게 별로 도움이 될 거 같지 않아요."

서연지는 여전히 의심에 가득 찬 말을 했다.

"아무래도 잘못 온 거 같아. 어떻게 해, 잔뜩 기대하고 왔는데."

김민은 교장과 강타수 선생 눈치를 보며 바람 빠진 풍선마냥 볼을 쿨렁거렸다.

나 역시 사기를 당한 기분이다. 나야 기대 같은 거 하고 오지는 않았지만 엄마가 없는 돈 박박 긁어 등록했을 텐데, 그 피 같은 돈을 슬쩍 받아 꿀꺽 삼키는 무리가 아닐까 의심도 들었다. 이거 혹시 신종 사기 수법?

보이스 피싱으로 돈을 뜯어내는 못된 인간들의 이야기를 수없이 많이 들었다. 직접 그런 전화를 받아 본 적도 있었다. 내 목소리가 아줌마 목소리 같았는지 계좌 번호와 비밀번호가 노출되었다며 빨리 해결하지 않으면 통장에 있는 돈이 다 출금된다고 겁을 주었다. 진짜 통장에 돈이 있었다면 순순히 대답해 주고 싶을 정도였다. 출금될 돈도 없을뿐더러 중학생이라고 말하자 "씨발, 진작 말하든가." 이러면서 전화를 끊었다. 뒤늦게 생각하니 내가 먼저 욕을 해 주지 못한 것이 후회되었다. 이모도 그런 전화를 받아 본 적이 있다고 했다. 똑똑한 거로 치면 세상에서 둘째가라면 서러워할 이모도 그만 깜박 속아, 하마터면 통장 비밀번호를 알려 줄 뻔했다고 했다. 사기를 치는 사람들은 상대의 혼을 빼는 데 타고난 재주가 있다. 인터넷에 학생을 모집한다는 글을 올려 사기를 치는 신종 수법일 수 있다. 나는 교장을 보며 별별 생각을 다 했다.

나는 일단 엄마에게 전화를 해 보기로 마음먹고 엄마 전화번호 끝자리가 뭔지 골똘히 생각했다. 8이던가, 0이던가. 둘 중에 하나가 맞긴 한 건가?

"자, 우리 학교의 가장 중요한 규칙을 말해 주겠다. 앞으로 한 달 동안 이 학교에서 지내면서는 절대 교내 연애는 금지한다. 연애 금지, 무슨 말인지 알지?"

"치, 그건 쓸데없는 규칙 같은데요. 누구랑 연애를 해요? 설마 우리가 교장 선생님이랑 저 선생님을 좋아할 거라는 끔찍한 상상을 하시는 거는 아니겠죠?"

서연지가 말했다.

– 드르륵

그때 시청각실 문이 열리더니 남자애들이 들어왔다.

헉. 나는 한순간 숨이 멎을 뻔했다. 머릿속을 오가던 8이니 0이니 하는 숫자는 썰물에 밀려가는 모래처럼 흩어져 버렸다.

교실로 들어선 남자애들의 비주얼은 내가 지금껏 만나고 봐 왔던 그렇고 그런 수준이 아니었다. 그것과 비교하는 거조차도 용서할 수 없을 정도였다. 저런 얼굴, 저런 몸, 텔레비전에서나 볼 수 있는 거 아닌가?

"음, 왔군. 자, 저쪽에 나란히 앉아라."

교장이 턱으로 창가를 가리켰다. 조금 전까지 사기꾼으로 보였던 교장 얼굴이 달리 보였다. 한 달 동안 저 아이들과 같이 생활한단 말이지? 그럼 진작 저 아이들 모습을 좀 보여 주지. 그랬다면 서로 쓸데없는 에너지 소비는 안 했을 텐데.

"죽인다."

늘 바쁘게 깜박거리던 서연지의 짝짝이 눈이 남자애들에게 정지

되었다. 움직이지 않으니까 더 무섭다.

"오늘부터 정식으로 수업에 들어가기로 하겠다. 야외 수업 외에 다른 수업은 항상 이 시청각실에서 할 거고, 시간은 오전 10시부터 오후 3시까지. 중간에 한 시간은 점심시간……"

교장 목소리가 귓전을 스쳐 허공에 떠돌고 있었다. 온 신경이 남자애들한테 쏠렸다. 저 정도의 비주얼에 이 학교에는 뭐 하러 온 거지? 저런 애들도 연애에 실패한단 말이야? 태근이 같은 얼굴의 아이도 오징어 다리를 부지런히 움직이며 다니는데? 아니지, 아니지. 공부하느라고, 김민처럼 아직 시작도 못 했을 수 있지. 얼굴도 잘생긴 것들이 공부까지 잘하는 모양이네. 아차! 조금 전에 교장이 말했던 규칙이 떠올랐다. 연애 금지라는 규칙 말이다.

"잠깐."

한참 연설을 이어 가던 교장이 멈칫했다.

"이게 무슨 냄새지?"

교장은 킁킁거리며 제자리를 뱅글뱅글 돌았다.

"다 탑니다."

강타수 선생이 시청각실 앞문을 박차고 나갔다.

"미치겠군, 미치겠어."

그 뒤를 교장이 따라 나갔다. 우르릉 쾅쾅. 그렇지 않아도 나무로 만들어 삐그덕거리는 건물이 다 무너지게 생겼다.

"무슨 일이지? 뭐가 탄다는 거야? 혹시 불난 거 아니야? 우리도 불 끄러 가야지."

김민이 겁에 잔뜩 질린 얼굴로 일어났다.

"그냥 앉아 있어."

남자애 중에 한 명이 말했다.

"다 탄다잖아."

"불난 거 아니야."

남자애들은 상당히 태연했다.

한참 후 강타수 선생과 교장이 벌겋게 상기된 얼굴로 돌아왔다.

"문제야, 문제."

교장은 뒷주머니에서 손수건을 꺼내 이마를 닦았다. 하얀 손수건에 검은 먼지 같은 것이 묻어났다.

"일단 계속하시지요."

강타수 선생이 공손하게 말했다.

"응? 으응, 그래야지. 어디까지 말했더라?"

"수업 중 미션은 네 조로 나눠어서 한다는 말까지 했습니다."

"아, 그렇군. 수업 중에는 가끔 미션이 있는데 그때는 네 조로 나누어서 미션을 수행할 거다. 조는 어떻게 나누냐면 남학생과 여학생 한 명씩. 그래, 말이 나온 김에 바로 조를 짜 볼까? 너희들 일어나 봐라."

교장이 남자 여자 짝을 지어 앉게 했다.

나는 내 옆에 앉은 아이를 힐끗 바라봤다. 날렵한 콧날에 석고상을 연상시키는 입, 반듯한 이마, 서글서글한 눈, 그리고 잡티 하나 없는 피부. 어떻게 하면 저런 피부를 가질 수 있는지 신기했다. 머리가 좀 크고 뒤통수가 튀어나온 것만 제외하면 완벽했다. 그리고 내 옆으로 걸어올 때 봤는데 키도 딱 알맞았다. 뭘 모르는 애들은 무조건 키 큰 남자를 좋아하는데 그건 아니다. 둘이 나란히 섰을 때 구도가 잘 맞아야 한다. 이 아이와 나, 나란히 서면 구도가 기가 막히겠다. 태근이는 얼굴은 좀 빠지지만 키에 있어서 구도는 나무랄 데가 없었다. 아아, 왜 또 태근이 생각이야. 나는 고개를 세차게 저었다.

"상형이야."

그 애가 손을 내밀었다. 이름도 좋다, 상형. 그런데 목소리가 별로다. 철커덕철커덕 쇳소리가 났다. 신은 역시 모든 걸 다 주지는 않는구나. 하지만 뭐 목소리가 뭐 중요해, 성우가 될 게 아니라면. 그리고 뭐라도 하나 빠지는 구석이 있어야지, 너무 완벽하면 인간적이지 못한 거다.

"성은 뭐야? 혹시 이? 그럼 이상형이 되는 건데."

나는 상형의 손을 잡으며 말했다. 상형은 대답하지 않았다. 그런데 무슨 손이 이렇게 차갑지? 얼음을 만지는 듯했다.

"태근이 너 같은 거는 비할 것도 못 돼. 어디서 못생긴 게 까불고 있어."

나는 허공을 보며 중얼거렸다. 통쾌했다. 이럴 때 휴대폰이 있으면 좋을 뻔했다. 상형과 사진 한 장 멋지게 찍어 톡으로 날리면 좋을 텐데. 아, 내 톡은 차단시켰지. 그럼 소라한테 보내도 되는 건데. 나는 내 옆에 앉아 있는 이 아이를 태근이에게 보여 주지 못하는 것이 눈물 날 정도로 안타까웠다.

"혹시 너 휴대폰 없지?"

당연히 없겠지.

"없어."

그럴 줄 알았다.

인사를 나누고 어쩌다 보니 금세 12시였다.

12시가 되자 강타수 선생은 남자애들을 데리고 나갔다.

"너희들도 어서 밥 먹으러 가라."

남자애들의 발자국 소리가 복도에서 사라지자 교장이 말했다.

그런데 급식실에 남자애들이 없었다. 불과 5분 정도의 시간 차를 두고 따라왔기 때문에 먼저 급식을 먹고 가기에는 불가능한 시간이었다. 그렇다면 남자애들은 이 급식실에서 밥을 먹는 게 아니고 다른 곳에서 먹는다는 말이다.

"아무려면 어때."

갑자기 너그러워졌다. 우리에게는 간장에 밥을 비벼 주고, 남자애들한테는 금 그릇에 부드러운 스테이크를 준다고 해도 다 용서할 수 있을 거 같았다. 다만 휴대폰이 없는 게 자꾸 안타까웠다. 교장한테 사진 한 장만 찍게 빌려 달라고 할까? 에이, 빌려줄 리가 없다. 욕이나 먹으면 먹었지. 강타수 선생에게 빌려 달라고 할까? 그만두자, 그만둬. 괜히 입만 아플 거다.

완벽한 아이들

밥을 코로 먹는지 입으로 먹는지 모르게 먹었다. 오후 수업 시간을 기다리며 학교 뒤 건물 쪽으로 걸어갔다. 잠시 아무 생각도 하고 싶지 않았고 그러기에는 여기가 최적의 장소 같았다. 한여름의 따가운 오후 햇살이 자주색 기와를 뚫어 버릴 듯 내리쬐고 있었다.

"그런데 마음이 왜 이렇지? 조금 전까지 분명 설렜는데."

시청각실에서부터 급식실까지 쭉 따라다니던 설렘은 햇볕에 말라가는 물기처럼 서서히 사라지고 있었다. 이거 조울증도 아니고.

나는 때가 잔뜩 낀 건물의 유리창을 손바닥으로 박박 문지른 다음 그곳에 내 얼굴을 비추어 봤다. 흐릿하게 보이는 내 얼굴 위로 태근이 얼굴이 겹쳤다.

"아, 짜증 나."

또 태근이 생각이다. 못생긴 주제에 나를 찼는데 뭐가 좋다고 자꾸 생각날까. 상형의 발가락도 못 따라가는 못생긴 놈. 자기 주제를 모르고 날마다 바람이나 피던 태근이. 정신 차려, 연보라! 나는 주먹으로 머리를 쳤다.

"그래, 보란 듯 상형과 잘 사귀어서 나가는 거야. 한 달만 보고 마는 게 아니라 방학이 끝나고도 계속 만나는 거야. 우리 동네에도 놀러 오라고 해야지. 태근이와 소라가 보는 앞에서 피자도 먹고 팔짱 끼고 아이스크림도 먹으러 가야지."

그 전에 사진을 먼저 보내 주면 좋을 텐데. 이럴 줄 알았으면 엄마한테 휴대폰을 보내는 게 아닌데.

태근이와 사귀는 6개월 동안 사이좋게 지낸 것은 절반에 불과했다. 따지고 보면 절반도 되지 않았다. 사귀기로 약속하고 일주일 뒤, 태근이는 다른 여자애랑 도서관에 갔었다. 그리고 식당에서 컵라면을 먹다 나한테 딱 걸렸다. 태근이는 공부하러 온 거라고 발뺌을 했고 나는 믿어 주기로 했지만, 서연지 표현대로 기분 더러웠다. 그러니까 정말 기쁜 마음으로 태근이와 아이스크림을 먹어 본 것은 딱 한 번이었다. 그 뒤로는 태근이와 마주 앉으면 나는 어느새 탐정이 되어 이것저것 캐내기 위해 온몸의 말초 신경을 곤두세웠고, 태근이는 조여 오는 수사망을 피해 빠져나가려고 온몸에 비누칠을 하느라 바빴다.

"수업 시작이야."

한참 생각에 잠겨 있는데 뒤에서 누군가 말했다. 획 돌아보다 숨이 멎는 줄 알았다. 상형이 우뚝 서 있었다. 햇살에 반사된 상형의 눈에서 파란빛이 나왔다. 이 아이, 파란색 렌즈를 끼는구나. 잘 어울린다. 눈이 시렸다. 먼지 낀 유리창에 부딪혀 반사된 햇살 탓이다.

"그래? 고마워."

나는 상형을 향해 웃어 보이다 비틀거렸다. 상형의 눈에서 반사된 빛이 너무 강했다. 상형이 내 뒤로 달려와 나를 붙잡다가 나랑 살짝 부딪혔다. 뭐야, 그 정도 부딪혔다고 넘어지다니. 그런데 그때 상형이 나를 붙잡고 넘어지는 바람에 나는 넘어지지 않으려고 용을 쓰다 넘어진 상형의 머리에 그만 엉덩방아를 찧고 말았다. 이게 무슨 시추에이션! 아, 쪽팔려. 엉덩이가 무지하게 아팠지만 표도 못 냈다. 상형 얘 머리 완전 쇳덩이다.

"괜찮아?"

엉덩이를 잡고 일어나며 겨우 물었다. 상형은 대답 없이 바닥을 짚고 일어났다.

"가자."

상형은 아무 일도 없었다는 듯 앞장섰다.

그때 상형에게서 뭔가 떨어졌다. 아주 작은 나사 같은 것이었다.

"이, 이, 이거."

나는 나사를 주워 들어 내밀었지만 상형은 이미 저만큼 가 있었다. 나는 나사를 주머니에 넣었다.

상형과 시청각실로 왔을 때 다른 아이들은 이미 자리에 앉아 있었다.

"수업 시간은 제대로 지키도록."

교장은 두 눈을 번득이며 그냥 넘어가지 않았다.

막 전자 칠판에 뭔가가 나타나는 순간이었다.

– 우르릉 쾅쾅

어디선가 벼락 치는 소리가 들렸다. 그 소리는 굉장했다. 학교 건물은 7도 이상의 지진을 만난 듯 거침없이 흔들렸다. 그 흔들림은 10여 초 정도 계속되었다. 흔들림이 멈추자 교장과 강타수 선생이 밖으로 뛰어나갔다.

"무슨 일이지? 뭐 폭발했나 봐."

김민이 겁에 질려 말했다. 우리도 나가 봐야 하는 거 아닌가 하는 생각이 드는데, 남자애들은 꼼짝도 하지 않았다. 별것도 아닌 일에 괜한 설레발을 친다고 할까 봐 조심스러웠다.

"급한 일이 생겨서 오늘 오후 수업은 다음에 보충하는 거로 하자는 것이 교장 선생님 말씀이야. 모두들 방으로 들어가서 꼼짝하지 말고 있도록."

잠시 후 강타수 선생이 달려와 다급하게 말했다.

"무슨 일이야? 학교에 큰일 생긴 거 아니야?"

김민은 물론이고 서연지와 황소윤의 눈빛도 흔들렸다. 하지만 남자애들 넷은 아무 일도 없다는 듯 여유로운 표정을 지으며 밖으로 나갔다.

"내 생각에는 주방에서 가스가 터진 거 같아. 그렇지 않고서야 그런 소리가 날 수가 없어."

시청각실에서 나오며 서연지가 말했다. 모두의 눈이 약속이나 한 듯 반대편 복도 끝 급식실이 있는 곳으로 향했다. 하지만 급식실 앞은 폭발이 있었다고 말하기에는 너무나 평온하고 조용했다.

"확인해 보자."

나는 성큼성큼 급식실로 향했다.

급식실 안은 깨끗했다. 주방 안도 설거지까지 마친 상태로 정리 정돈이 되어 있었다.

그때 어디선가 바람처럼 상형이 나타났다.

"운동장 나무 그늘이 시원해. 나갈래?"

"으응? 그래, 좋아."

"너희들도 같이 나가자. 교장 선생님께 허락받았거든. 운동장에서 놀아도 된다고 했어. 내가 다른 애들도 데리고 올 테니까 너희들 먼저 나가 있어."

상형은 계단을 뛰어 올라갔다. 상체와 하체 비율이 완벽했다. 그런데 운동 좀 해야겠더라. 아까 힘없이 쓰러지는 걸 보면.

상형은 금세 남자애들을 데리고 나왔다. 멀리서 넷이 걸어오는데 화보가 따로 없었다.

"그런데 우리 이래도 되는 거니?"

김민이 갑자기 뜬금없는 소리를 했다.

"무슨 말이야?"

"우리는 여기 연애하는 방법을 배우러 온 거지 연애를 하려고 온 거는 아니잖아. 그리고 연애 금지가 이 학교의 가장 중요한 규칙이라고 했잖아. 그런데 이건 딱 연애하는 분위기잖아. 이러다 규칙을 어겼다고 집에 가라고 하면 어떻게 해? 엄마 아빠를 무슨 얼굴로 봐?"

김민은 겁에 질린 얼굴이었다.

"야, 김민."

나는 김민을 똑바로 바라봤다. 얘는 공부 외에는 머리가 잘 돌아가지 않는 게 분명했다. 신은 공평하다고 하더니 그 말이 틀린 말은 아니었다. 하긴, 공부도 잘하는 게 다른 쪽으로도 머리가 팽팽 잘 돌면 공부 못하는 아이들 억울해서 어떻게 살아.

"남자랑 여자가 마주 앉아 있으면 무조건 연애하는 거야? 그건 아니잖아. 그리고 이건 이 학교의 실습 시간이라고 생각하면 되잖아. 그러니까 교장도 허락한 거지. 교장이 허락했는데 뭔 걱정이야. 네가 그런 고리타분한 생각을 갖고 있으니까 여태 남자 친구 한 번 못 사귀어 본 거야. 그렇게 걱정되면 너는 저쪽에 가서 혼자 앉아 있든가."

나는 반대편을 가리켰다.

나는 그저 아무 말이나 한 거였다. 김민이 내 말대로 할 거라는 생각은 꿈에도 하지 못했다. 그런데 김민은 엉덩이를 털며 일어나더니 터벅터벅 반대편을 향해 걸어갔다. 하도 어이가 없어 잡지도 못했다. 저렇게 겁이 많아서 무슨 연애를 하겠어? 연애를 하다 보면 엄마에게 거짓말할 일이 수없이 많이 생기는데 저 배짱으로 뭘 하겠느냐고.

"쟤는 왜?"

상형이 물었다.

"학교 규칙을 어기는 걸까 봐 겁난대. 교장이 허락한 거라고 해도 겁나나 봐. 말도 못 하게 예민 떠는 거지. 신경 쓸 필요 없어."

"하형."

상형이 김민 옆에 앉았던 남자애한테 눈짓을 했다. 하형이라는 아이는 운동장을 가로질러 김민에게 달려갔다.

"좌형, 우형."

상형의 말에 좌형이라는 아이는 서연지 팔을 잡고, 우형이라는 아이는 황소윤 팔을 잡고 옆에 있는 플라타너스 나무 밑으로 갔다.

"이 나무 아래 참 좋다. 바람도 시원하고."

나는 고개를 쳐들어 나무를 바라봤다.

"겨울에 눈이 내려도 멋있을 거 같아, 그치?"

"응. 멋있어."

상형이 꼭 겨울에 와 본 아이처럼 대답했다.

"너 겨울에도 여기 와 봤어?"

"응."

상형은 싱긋 웃었다.

"이 학교에서는 여름 방학과 겨울 방학에 항상 수업이 있어."

"너는 방학 때마다 오는 거야?"

상형이 고개를 끄덕였다.

"도움이 많이 되나 보네. 강사들은 어땠어? 지금 교장이랑 강타수 선생님이 계속하는 거는 아니겠지?"

"언제나 그 두 분이야."

"뭐?"

이거 진짜 사기네. 이것저것 가르친다는 말은 곧 전문성 제로라는 말이다. 그런데 상형이 계속 오는 걸 보면 배우는 게 있기는 있는 거 같기도 하고. 종잡을 수가 없다.

바람이 플라타너스 나무 이파리를 타고 미끄러지듯 불어왔다. 상큼한 바람이 코 안으로 밀고 들어오자 콧속에 초록 물이 든 듯 풀 냄새가 났다.

"너도 휴대폰 없다고 했지? 아, 안타깝다."

"휴대폰?"

"너랑 사진 한 장 찍고 싶어서."

이 다정한 모습을 태근이에게 진짜 보여 주고 싶었다.

"사진이 꼭 필요한 거야?"

상형이 물었다.

"아니 뭐 꼭 필요하다기보다는……."

가만. 이 질문은 뭐지? 혹시 휴대폰이 있는 건가?

"필요…… 하지, 사진."

나는 상형의 눈치를 보며 말했다. 나는 상대의 표정을 읽는 데는 탁월한 재주를 갖고 있다. 그쪽으로의 더듬이는 미세하고 민감하다. 저 표정, 뭔가 망설이고 있다. 혹시 휴대폰이 있을 수도 있다.

"있어? 있으면 사진 한 장만 찍자. 딱 사진 한 장이면 돼."

나는 손가락 하나를 펴서 상형의 눈앞에 들이댔다.

"규칙이……."

있었구나! 어제는 휴대폰 없다고 딱 잡아떼더니.

"내가 비밀로 하면 되는 거지 뭔 걱정이야. 나는 거짓말을 싫어하니까 사실대로 말할게. 내가 태근이라는 되게 못생긴 애랑 사귀었었거든. 그런데 차였어. 그 애한테 너를 자랑하고 싶어서 그래. 제발, 응? 제발."

나는 통사정했다.

상형은 바지 주머니를 뒤적였다. 상형이 주머니에서 꺼낸 것은 가로세로 10센티미터 정도의 사각형 쇳덩어리였다. 상형은 그 쇳덩어리를 높이 들더니 쳐다보라고 했다. 쇳덩어리를 왜 쳐다보라고 하나 의아해하고 있을 때 찰칵, 소리가 들렸다. 그리고 잠시 뒤, 사각형 쇳덩어리 사이에서 끄끄끄 소리가 나며 사진 한 장이 삐져나왔다. 이거 뭐야, 생전 처음 보는 휴대폰이다. 즉석에서 사진 출력까지 되다니. 신형인가? 어느 회사 거야?

파란 하늘, 하얀 뭉게구름, 초록색 이파리가 물결을 이루는 플라타너스 나무, 그리고 상형과 나. 상형은 사진을 내 손에 쥐어 주었다. 상형과 머리를 맞댄 내 모습이 상당히 자연스러웠다. 진짜 사귀는 사이 같았다.

"이 사진을 태근이한테 보낼 수 있으면 진짜 좋을 텐데."

"어떻게 하면 보낼 수 있어?"

"뭘 어떻게 보내? 휴대폰으로 보내면 되는 거지. 문자로 보내도 되고 톡으로 보내도 되고."

"보내. 휴대폰 번호만 알면 되는 거지? 번호 불러 봐."

상형이 쇳덩어리를 만지작거리자 뚜껑이 열리고 자판이 나왔다. 와, 진짜 신기하다.

"휴대폰 번호."

신형 휴대폰의 기능에 감탄하고 있는데 상형이 재촉했다. 하지만 엄마 번호도 제대로 기억 못 하는데 태근이 번호를 기억할 턱이 없다. 태근이 전화번호도 매일 단축 번호만 눌러 댔으니까. 기억한다고 해도 차단해 놨으니 소라한테 보내 볼까 하는 생각도 했지만 번호를 모르기는 마찬가지였다. 나는 내 번호를 불러 줬다. 내 휴대폰으로 받았다가 나중에 보내 주면 되니까.

"내 번호니까 저장해 둬."

이 말을 하는 것도 잊지 않았다.

그 건물에서 수상한 소리가

아침 일찍 엄마에게 전화가 왔다.

"지낼 만해?"

타이밍이 기막혔다. 만약 어제 아침에 통화를 했다면 나는 민규 아저씨 욕을 해 댔을 수도 있었다.

"지낼 만해."

"먹는 거는 괜찮아?"

"괜찮아."

"잠자리는 불편하지 않고?"

"그런 대로."

"왜 이렇게 고분고분이야? 낯설게. 뭐 보라 네가 좋다니까 엄마도 좋다."

"그런데 엄마."

"왜?"

"……"

"왜에?"

"이 학교 뭐 하는 학교인지 알고 있어?"

"당연히 알지. 마음을 편하게 해 주고 행복해지는 법을 가르치는 학교잖아. 벌써부터 효과가 좀 있는 거 같은데? 보라 네 목소리가 집에 있을 때보다 부드러워진 걸 보면 말이야."

엄마는 모르고 있었다. 그럼 100프로 민규 아저씨 작품이다. 그렇다면 내 자기 소개서도 민규 아저씨가 썼다는 말인데, 자기가 나에 대해 아는 게 뭐 있다고. 완전히 상상으로 소설을 썼겠네. 이 아저씨 정말 나하고 한판 붙어 보자는 거야, 뭐야. 상형을 만난 거는 좋은데 그렇다고 해서 민규 아저씨의 행동이 용서되는 거는 아니다.

"그런데 그건 왜 물어?"

"그냥."

"보라, 너 그냥이라는 대답 제일 싫어하잖아."

"오늘부터는 싫어하지 않기로 했어."

"계집애, 싱겁기는. 같이 지내는 친구들은 괜찮아?"

"그런대로. 마스카라만 안 하면 괜찮을 거 같아."

"마스카라? 그건 또 무슨 소리야?"

"그냥 그런 게 있어."

아마 어제 아침에 통화를 했더라면 이 학교의 정체에 대해 폭로했을 거다. 배울 거라고는 전혀 없는 한심한 강사진에 한심한 학교라고 말이다. 다시 한 번 말하지만 엄마가 정말 기막힌 타이밍에 전화했다.

엄마는 한 달 동안 더도 말고 덜도 말고 4킬로그램만 쪄서 돌아오면 좋겠다는 말을 하며 전화를 끊었다. 민감하게 굴지 않으면 잘 먹고 잘 잘 터이니 그 정도는 문제가 되지 않을 거라고 했다. 4킬로그램. 문득 4킬로그램이 어느 정도인지 궁금해졌다.

그때 아침에 일어나자마자 밖으로 나갔던 서연지가 들어왔다. 꽉 달라붙은 쫄 반바지를 입은 서연지의 허벅지가 튼실해 보였다. 쟤는 무슨 배짱으로 저 몸매에 쫄바지야? 4킬로그램이면 저 아이 한쪽 허벅지만 할까? 저 정도의 살이 온몸에 골고루 나누어 찐다는 말이지? 뭐 그다지 나쁠 거는 없을 거 같다. 특히 얼굴에 광대뼈를 가려줄 정도의 살이 좀 올랐으면 좋겠다. 민지는 광대뼈가 도드라진 정도는 문제될 것도 없다고 했다. 나중에 지방 이식 수술을 하면 된다고 했다. 배에서 지방을 빼서 얼굴에 넣는 수술인데 자기 지방이라 자연스럽고 감쪽같다고. 자기 엄마가 그 수술을 했단다. 그래도 왠지 수술은 무섭고 돈도 많이 든다. 그리고 수술을 하려면 적어도 고등학교는 졸업해야 하는데 아직 까마득하다. 그 전에 이 광대뼈를 사라지게 하고 싶다. 어쩌면 태근이도 내 광대뼈가 싫었는지도 모른다. 언젠가 아이스크림을 쪽쪽 빨아 먹고 있는데 태근이가 그랬다.

"야, 연보라. 너 광대뼈 장난 아니게 튀어나왔다. 평상시에는 잘 몰랐는데 그렇게 볼에 힘주고 아이스크림 빨아 먹는 걸 보니 완전 내 광대뼈 두 배는 되겠다."

좋아하고 사귄다는 게 뭐야, 상대의 결점까지 좋아해야 하는 거 아닌가. 생각해 보니 그때가 사귀기 시작해서 얼마 지나지 않았을 때였다. 처음부터 내 광대뼈에 불만이 많았던 거다. 사귀는 아이에게 외모로 지적당하는 거는 생각보다 자존심 상하는 일이었다. 그러는 저는 얼마나 잘나서. 나도 뭐 태근이 외모가 모두 마음에 들었던 거는 아니다.

나는 숙소를 뛰쳐나와 2층으로 달려갔다.

– 쾅쾅쾅!

남자애들 방문을 함부로 열 수는 없고 문이 부서져라 두드렸다. 잠시 후 문을 연 아이는 상형이었다.

"무슨 일이야?"

"사진, 사진 좀 찍자. 휴대폰 갖고 나와."

상형은 놀란 얼굴로 어쩔 줄 몰라 했다.

"뭐 해? 빨리 갖고 나오라니까."

지금 나는 상형 네 얼굴을 찍은 사진이 필요하다고. 어제보다 더 다정하게 찍은 사진이 필요해.

"규칙이……."

상형은 방 안을 힐끔거리고 불안한 눈빛으로 복도도 살폈다. 내가 비밀로 한다는데 자꾸 규칙 타령이람.

"지금 필요한 거야?"

"필요해, 당장."

상형은 씩씩거리는 나를 멀뚱멀뚱 쳐다보더니 복도에서 잠시 기다리라고 했다. 어차피 지금 사진을 찍는다고 해서 당장 태근이에게 보여 줄 수 있는 것도 아니지만 그래도 지금 찍지 않으면 분해서 살

수 없을 거 같았다. 나는 상형과 다정한 포즈로 열 장 정도 사진을 찍었다. 그리고 그 사진을 내 휴대폰으로 전송했다.

“오오오오오, 여학생이 남학생 방에 오면 곤란해.”

그때 강타수 선생이 나타났다. 상형은 놀라서 휴대폰을 주머니에 쑤셔 넣었다. 다행히 강타수 선생은 휴대폰을 보지 못한 모양이었다.

“앞으로 여기에는 오지 마. 금지 구역이야. 우리 학교의 가장 강력한 규칙이 뭔지 알지? 연! 애! 금! 지! 지나치게 가까이 지내면 연애를 하게 될 수도 있어. 연애는 이 학교를 수료하고 집에 돌아가서 하도록. 다신 오지 마.”

상형을 방으로 밀어 넣고 문을 닫은 강타수 선생이 말했다. 눈빛이 얼마나 차가운지 간이 서늘해졌다. 유유상종, 같은 사람들끼리 어울린다더니 눈빛이 교장과 똑같았다.

“왜 대답 안 해?”

돌아서는데 강타수 선생이 소리쳤다. 알아들었으면 된 거지 굳이 대답할 필요가 있나. 뭐 원한다면 해 주지.

“예.”

슬리퍼 소리를 팍팍 내며 걸었다.

“잠깐.”

강타수 선생이 불러 세웠다.

“그런데 여기는 왜 왔나? 남학생 방에 온 용건이 뭐냐고? 남자 여자 쓰는 게 다른데 뭘 빌리러 올 리는 없었을 테고.”

“그냥요.”

나는 다시 팍팍 슬리퍼 소리를 내며 걸었다. 그냥. 이 말, 써 보니 진짜 편리하다.

오늘 아침도 여자끼리 먹었다. 이제 새삼스럽지도 않았고 남자애들이 뭘 먹는지 궁금하지도 않았다.

아침을 먹고 10시가 되기를 기다리고 있을 때였다. 제일 먼저 밥을 먹고 들어와 침대에 누워 이불을 뒤집어쓰고 있던 황소윤이 슬그머니 일어났다.

"너희들 어젯밤에 무슨 소리 못 들었어?"

새우튀김이 들어가다 식도 중간에 딱 걸렸느니 어쨌느니 하면서 가슴을 두드리던 김민이 놀라서 손을 멈추고 나를 바라봤다. '어제 누가 또 교장에게 끌려 나와 야단맞았나?' 김민은 눈으로 이렇게 묻고 있었다.

"무슨 소리?"

손톱 정리를 하고 있던 서연지가 물었다. 새파란 매니큐어 병이 옆에 대기하고 있었다. 저걸 바르려는 모양인데 참 가지가지 한다. 새빨간색 아니면 새파란색. 무슨 태극기를 그리는 것도 아니고. 마음을 평온하게 만드는 은은한 색 좀 칠하고 발라라.

"쇠 두드리는 소리 같기도 하고, 뭔가 깨뜨리는 소리 같기도 했어."

"여기에 자동차 만드는 공장이 있는 것도 아니고 쇳소리가 왜 나?"

서연지는 갈고 있던 손톱 끝을 후후 불었다.

"그래서 궁금해서 나가 봤거든."

"혼자?"

"밤에?"

나와 김민이 동시에 물었다. 황소윤, 저 아이 의외로 간덩이가 크네.

"위험한 것은 미리 차단하는 게 좋아. 그냥 방치했다 진짜 위험해지면 곤란하거든. 근데 복도에서는 어느 방향에서 나는 소리인지 모르겠더라. 건물 벽에 부딪쳤다가 흩어지는 메아리의 진원지는 찾기 힘들거든. 그래서 좀 전에 밥 먹고 건물 뒤편으로 나가 봤는데……. 혹시 너희들 그 건물 봤니? 이 건물 옆에 있는 낡은 건물."

자주색 기와가 얹어진 그 건물을 말하는 모양인데, 나는 어제도 가 봤다.

"봤지. 일부러 보려고 노력하지 않아도 운동장에서 보면 훤히 보이는데 뭘. 그런데 그 건물 진짜 기분 나쁘게 생겼더라."

서연지가 다른 쪽 새끼손톱을 박박 문질렀다. 드드드득, 손톱에서 뼈 갈리는 소리가 났다.

"아무리 생각해도 그 건물이 수상해. 거기에서 나는 소리 같아. 내 느낌은 거의 맞거든."

나는 자기 느낌은 거의 맞다는 황소윤의 말에 얘도 꽤나 예민한 아이라는 것을 알아차릴 수 있었다. 예민하고 민감한 사람들의 느낌은 거의 사실에 가까울 확률이 높고, 또 그 사람들은 자신의 느낌을 100프로 믿는다. 인터넷에서 봤는데 무당이나 예언가들은 대부분 예민하고 민감한 성향을 갖고 있다고 했다. 그렇다면 여기에 모여 앉아 있는 넷! 하나같이 예민하고 민감한 아이들이군.

"한밤중에 누가 그 안에서 쇠를 두드리고 뭘 깨뜨리겠어? 다른 장소 다 놔두고 그런 곳에서 낮도 아닌 밤에. 이 학교에는 교장이랑 강타수 선생님, 급식 도우미 아줌마랑 남자애들 네 명, 그리고 우리 넷이 전부야. 한밤중에 거기에서 그럴 사람이 누가 있어?"

서연지가 매니큐어 뚜껑을 열었다. 화학 약품 냄새가 코를 찔렀다. 눈이 아릴 정도였다.

"아무튼 느낌이 별로야."

황소윤은 침대에 걸터앉아 천장을 바라봤다.

"나는 황소윤 말이 거짓말이라고는 생각하지 않아."

나는 망설이다 나섰다. 지금쯤 나와 김민이 알고 있는 사실을 공유해야 할 거 같았다.

"교장이 한밤중에 잠도 안 자고 돌아다니는 거 본 적 있거든. 밤에 누군가를 야단치고 있었어. 교장이 어젯밤 그 건물 안에 있었을 수도 있어."

"맞아. 나도 같이 봤어. 우리 처음 왔던 그날 밤이야. 비가 퍼붓는데 돌아다니고 있더라니까. 교장 선생님이 밤잠 없는 거는 확실해."

김민이 거들고 나섰다.

"그래? 그럼 느낌이 좋지 않을 이유도 없네. 교장이 돌아다니는 거면 신경 쓸 거 없잖아. 자기 학교에서 자기가 뭘 하든 뭔 상관이야? 무슨 작업을 했겠지. 아이씨, 빗나갔다."

서연지가 칠하던 매니큐어가 손톱을 벗어나 손가락을 새파랗게 물들였다.

"무슨 작업?"

"그걸 내가 어떻게 알아? 뭘 고치든가 했겠지. 아, 짜증 나."

"나는 저런 건물에 익숙해."

갑자기 황소윤이 이상한 말을 했다.

"저런 건물 안에서는 언제나 사건이 일어나. 그 사건이 우리에게 일어나지 말라는 법은 없는 거야."

이건 또 무슨 소리람. 사건! 심장이 쫄깃쫄깃해지는 말이다.

"무슨 사건이 우리에게 일어나?"

나와 김민, 그리고 서연지 눈이 동시에 황소윤 입으로 향했다.

"살인이나 폭력 사건. 아니면……"

"그만해, 무섭다."

김민이 울먹였다.

"자살 사건."

김민이 우는소리를 하거나 말거나 황소윤은 자신의 말에 마침표를 찍었다. 화장 솜으로 손가락에 묻은 매니큐어를 박박 문지르던 서연지가 손가락 문지를 생각도 잊었는지 멍하니 황소윤만 바라봤다.

"너, 그 건물에서 뭐 본 거 있어?"

나는 황소윤에게 물었다. 말을 하는데 입안이 바짝 말랐다.

"본 거는 아니고. 그냥 그렇다는 말이야. 내 경험에 의하면."

황소윤은 다시 침대에 누워 이불을 뒤집어썼다.

"잔뜩 겁주고 뭐 하는 거야? 경험은 또 뭐야? 네가 살인 사건이나 폭력 사건, 아니면 자살 사건에 연루된 적이 있다는 말이야? 아,

어떻게 해. 그렇지 않아도 자다가 오줌 마려우면 화장실에 못 가는데 더 못 가게 생겼네."

서연지가 황소윤의 침대 모서리를 쾅쾅 찼다. 황소윤은 더 이상 말하지 않았다.

이 학교 이상해!

무슨 학교가 수업을 하려고만 하면 일이 터졌다.

시청각실에 들어가 자리를 잡고 앉는 찰나 어디선가 펑! 소리가 들리더니 강타수 선생이 뛰어 들어왔다. 강타수 선생의 오른뺨에는 시커먼 그을음이 묻어 있었고 점퍼 소매 끝에서는 노란 액체가 뚝뚝 떨어졌다. 기름 같았다. 어디서 폭발물 설치를 하다 왔나, 아니면 기름통 수리를 하다 왔나? 맨날 쓰고 다니는 군고구마 장수 모자도 한쪽 귀퉁이가 불에 탄 거처럼 새까맣게 말아 올라가 있었다. 선생님이라기보다는 수리공의 모습에 훨씬 가까웠다.

"아, 일이 생겨서 오늘 수업은 못 하겠다."

"또 수업 안 해요? 정해진 진도가 있을 텐데 자꾸 수업을 안 하는 거는 곤란한데요. 공부를 하는 데 제일 좋지 않은 방법은 벼락치기예요. 일정대로 하는 게 공부 잘하는 가장 완벽한 방법이라고요."

김민이 무슨 말도 안 되는 소리를 하느냐는 듯 말했다. 역시 공부를 잘하는 아이들은 진도에 민감하다. 수업을 빼먹으면 정해진 날짜에 진도를 맞출 수 없으니 그런 상황을 곤란해한다. 공부 잘하는 아이들은 학원에 다니다 마음에 들지 않아 그만둘 때면 아까운 시간을 버렸다고 안타까워한다.

"돈 아까워요. 수업 안 하면 그만큼 돈 돌려주나요?"

서연지가 물었다. 공부에 관심 없는 아이들은 진도보다 돈에 더 민감하다. 그런 아이들은 학원이 마음에 들지 않아 그만둘 때면 돈이 아깝다면서 날짜를 계산해서 환불받으려고 안간힘을 쓴다.

"좋아. 그럼 내일 있을 야외 수업과 오늘 수업을 바꾸는 거로 하자. 우리 학교는 한 번씩 야외 수업을 통해 '나를 찾는 시간'을 갖지. 너무 바쁜 일상에 있다 보면 내가 누구인지, 내가 하고자 하는 것은 무엇인지 모두 다 잊고 그저 기계처럼 움직이는 일이 허다하거든. 연애를 잘하고 자신감을 갖기 위해서는 내가 누구인지 성찰의 시간을 갖는 게 무엇보다 중요해. 그럼 상형, 네가……."

강타수 선생 입에서 상형의 이름이 떨어지기 무섭게 상형이 벌떡 일어났는데 그 재빠름이 명령에 따르는 군인 저리 가라였다. 강타수 선생은 상형에게 뜻을 알 수 없는 눈빛을 보내고 서둘러 시청각실을 나갔다.

"나를 따라오면 돼."

상형을 따라간 곳은 계곡이었다. 계곡을 스치고 지나온 바람은 차가울 정도였다.

"우리 연애하는 거 아니지?"

김민이 또 걱정했다.

"야, 아까 선생님 하는 말 못 들었어? 야외 수업이라잖아."

서연지가 김민을 바라보며 혀를 찼다.

서연지가 제일 먼저 계곡으로 들어갔다. 지금 보니 발톱 열 개도 몽땅 새파란색이었다. 서연지가 계곡으로 들어가 발가락 사이로 물고기가 지나갔다느니, 발바닥에 모래가 간지럽다느니 하며 깔깔거리자 김민과 황소윤도 슬그머니 계곡으로 들어갔다. 하형과 우형, 좌형은 물끄러미 김민과 황소윤, 서연지를 바라보고 있었다.

상형은 그 서글서글한 눈으로 하늘과 계곡, 그리고 초록 숲을 천천히 훑어봤다. 그 모습이 혼자 보기 아까울 정도로 잘생겼다. 또 사진 욕심이 났다.

'계곡까지 같이 놀러 가는 사이가 된 걸 알면 태근이가 약 올라 하겠지.'

나는 상형에게 다가갔다. 그리고 사진을 찍자고 했다.

"여긴 곤란해. 아이들이 고개만 돌리면 볼 수 있어."

별걱정을 다 하네. 내가 그 생각도 안 하고 사진을 찍자고 했을까 봐? 나는 친절하게 상형의 주머니에서 휴대폰을 꺼내 상형의 손에 쥐어 주었다.

"봐 봐, 이렇게 하면 하나도 안 보여."

나는 상형에게 주먹을 살짝 쥐라고 했다.

"안 돼. 곤란해."

"뭐가 곤란해. 저번에는 운동장에서도 찍었잖아. 운동장이나 여기나 다른 게 뭐야?"

애가 오늘따라 왜 이렇게 딱딱하고 빳빳하게 구는지 모르겠다. 그깟 사진 한 장 찍는 게 뭐 그리 대단하다고.

"강타수 선생님이 절대 규칙을 어기면 안 된다고 강조했어."

내가 남자애들 방에 간 거 때문에 주의를 받은 게 분명했다.

"치사하게 진짜."

나는 상형을 쏘아봤다.

"꼭 필요해?"

잠시 후 상형이 물었다.

"그래, 꼭 필요해."

상형이 가까이 오라는 손짓을 했다. 나는 상형 어깨에 머리를 기대고 활짝 웃는 얼굴로 사진을 찍었다. 상형은 사진을 내 휴대폰으로 전송했다.

그때 우형이 이쪽을 힐끗 보더니 고개를 갸웃거리며 다가왔다. 상형은 급하게 휴대폰을 주머니에 넣었다. 다가온 우형은 날카로운 눈빛으로 상형의 주머니를 봤다. 나는 두근거리는 가슴으로 숨죽이며 우형을 바라봤다. 잠시 후 우형은 고개를 다시 한 번 갸웃거리더니 돌아갔다.

"휴."

나는 긴 숨을 내쉬었다.

"주머니를 뒤질 줄 알았어."

완전 십년감수했다.

"우형은 오른쪽 귀 부분의 나사가 풀려 감정이 약간……."

상형이 말을 하다 말고 놀라서 입을 다물었다. 꽉 다문 상형의 입가로 신음 소리가 새어 나왔다.

"귀 부분에 나사가 풀려? 누가?"

"아니야."

상형은 고개를 세차게 저었다. 다시 한 번 묻고 싶었지만 우형이 자꾸 힐끗거리고 보는 바람에 포기했다.

계곡에서 놀다 학교로 돌아왔을 때는 이미 점심때가 훌쩍 지나 있었다. 교문을 들어서는데 강타수 선생이 바람처럼 달려와서는 모두들 숙소로 가라고 했다. 오늘 점심은 숙소로 직접 가져다주겠다고 말이다. 30분 뒤, 강타수 선생은 빵과 우유를 들고 방으로 왔다.

"오늘 급식실에 약간의 문제가 생겼는데 곧 해결될 거야. 저녁에는 밥을 먹을 수 있을 거니까 너무 걱정들 하지 말고. 오늘은 야외 수업을 다녀오느라 피곤할 테니 오후 수업은 없다. 와, 날씨 정말 덥다. 이런 날은 낮잠 자는 게 최고지. 그래, 너희들 낮잠이나 한숨 푹 자라."

강타수 선생은 땀도 나지 않는 이마를 문지르며 수선을 피우고 난 다음, 방에서 나갔다. 이제는 수업을 하지 않는 것도 모자라 대낮에 잠을 자란다. 뭐 피곤하긴 피곤하다.

오곡을 갈아 만들었다는 딱딱하고 거친 빵을 뜯어 먹으며 계곡에서의 일을 떠올렸다.

'우형은 오른쪽 귀 부분에 나사가 풀려…….'

이게 대체 무슨 말일까?

– 펑!

우유를 마시고 있는데 폭발음이 들렸다. 그 소리에 놀라 넘기던 우유가 도로 넘어왔다. 목을 타고 넘어온 우유는 턱을 타고 방바닥에 쏟아졌다.

"또 뭐야? 매일 뭘 이렇게 터뜨려?"

서연지가 뜯어 먹던 빵을 침대에 내려놓으며 말했다. 그때 황소윤이 자리를 박차고 일어났다.

"왜 그래?"

"확인해 봐야겠어. 미리미리 확인하는 게 좋아."

황소윤이 문을 열려는 찰나였다.

– 똑똑똑

아주 공손한 노크 소리에 황소윤이 주춤거리며 뒤로 물러섰다. 문이 사르르 열리며 강타수 선생 머리가 불쑥 들어왔다.

"왜요?"

문 앞에 서 있던 황소윤이 놀라서 물었다.

"빵은 잘 먹고 있는지 확인하러 왔지. 그리고 말이다. 좀 전에 그 소리 별거 아니야. 보일러 통을 고치고 있는데 뭐가 제대로 맞지 않아서 그러는 거니까. 알았지? 먹고들 자라."

강타수 선생은 문 안으로 손을 넣어 흔들어 보이고는 돌아갔다. 왜 저렇게 사람을 재우지 못해 안달이람. 그런데 우리가 유치원생도 아니고 초딩도 아닌데 빵 정도야 어련히 알아서 잘 먹을까. 그걸 확인하러 왔다고? 차라리 보일러 통 고치느라고 난 소리니까 놀라지 말라는 말을 전하러 왔다고 하면 믿었을지 모른다. 거짓말을 하는 사람들의 공통점, 허술하다는 거다.

"이상해."

황소윤이 눈을 가늘게 떴다.

"여름에 왜 보일러 통을 고쳐? 그건 나중에 고쳐도 되는 거 아니야? 어차피 여름에는 보일러 틀 일도 없잖아. 뭔가 불안해. 말도 못하게 불안해."

듣고 보니 그 말도 일리가 있었다.

강타수 선생이 자라고 해서 잔 것은 아니었다. 다들 계곡에서 노느라고 피곤해서인지 빵과 우유를 먹고 나서 약속이나 한 듯 잠이 들었다. 얼마나 잤을까? 음악 소리에 눈을 번쩍 떴다. 벽에 걸린 스피커에서 흘러나오는 음악이었다.

"자, 저녁 식사 시간입니다. 급식실로 내려오세요."

급식실에는 여느 때처럼 급식 도우미가 반찬이 가득 담긴 쟁반을 앞에 놓고 서 있었다. 그리고 다른 때와 마찬가지로 교장은 한쪽에서 긴장한 표정으로 급식 도우미를 지켜보고 있었다.

식판에 밥과 반찬을 받아 자리로 돌아올 때였다. 교장 옆을 지나오는데 기름 냄새가 물씬 풍겼다. 그리고 그 냄새 끝에서 낯익은 냄새가 났다. 아파트 상가 옆에 큰 건물이 들어설 때가 떠올랐다. 그때 불꽃을 튀기며 용접인지 뭔지를 하던 사람들이 있었는데, 그곳에서 이런 냄새가 났다. 아주 여러 가지를 혼자 다 한다고 바쁘겠다. 수업도 해야지, 보일러 통도 고쳐야지, 잠도 안 자고 이 사람 저 사람 야단치러도 다녀야지, 용접까지 해야지.

"잠깐."

저녁을 먹고 계단을 올라오는데 황소윤이 내 셔츠 끝자락을 잡았다. 황소윤은 나를 화장실로 데리고 갔다. 무슨 비밀 접선을 하듯 밖을 살피던 황소윤은 내 앞으로 바짝 다가섰다.

"뭔가 이상해. 내 생각에는 김민이나 서연지보다 너와 의논하는 게 제일 낫겠다 싶어서 말하는 거야. 왜냐하면 너도 알다시피 서연지는 무슨 말이든 듣자마자 확인하려고 할 테고 김민은 겁부터 먹을 테니 말이야. 의논 대상으로 적합하지 않지."

황소윤이 얼마나 가깝게 다가왔는지 뜨거운 입김이 얼굴에 확 와 닿았다.

"뭐가 이상한데?"

나를 의논 대상으로 선택했다는 말은 고마운데 엄청나게 긴장되었다.

"내가 어제 운동장에서, 그리고 오늘 계곡에서 우형이라는 애와 가깝게 있었잖아?"

"그런데?"

"그런데 뭐라고 얘기를 해야 하나……."

황소윤이 아랫입술을 잘근잘근 씹었다.

"자꾸 엉뚱한 소리를 하는 거야. 예를 들면 자기는 곧 폐기 처분된다나 뭐라나. 그 말을 듣는 순간 소름이 돋았어. 얘가 혹시 사이코패스인가? 요즘 워낙 제정신이 아닌 사람들이 많으니까. 그런 애 하나가 이 학교에 들어온 거 아닌가? 이런 생각을 했거든. 그런데 우형이 하는 말을 들으면 들을수록…… 걔 하나만 그런 게 아닌 거 같아. 그러니까 교장이랑 강타수 선생님, 그리고 남자애들 네 명이 모두 같은 편으로 움직인다는 느낌을 받았어. 우리, 이 학교에서 탈출해야 하는 거 아니니?"

황소윤은 자신의 불안한 마음을 감추지 못하고 손을 떨었다. 목소리도 심하게 흔들렸다.

"사이코패스들의 집단. 그렇다면 이건 진짜 위험한 거야. 우리는 곧 그들의 먹이가 될 테니까."

황소윤은 떨리는 목소리로 말을 이었다.

나는 머리끝부터 발끝까지 전기에 감전된 듯했다. 그리고 뭐에 얻어맞은 듯 머리가 멍했다. 황당한 말 같기는 한데, 어쩐지 맞는 말 같기도 했다.

'우형은 오른쪽 귀 부분의 나사가 풀려……'

상형이 했던 말이 떠올랐다. 뭔지 모르지만 이 학교에 비밀이 있는 거 같았다.

"날마다 인터넷에 올라오는 사건들, 그거 다 딴 세상 얘기 아니야. 언제든 나에게도 일어날 수 있는 일이지. 그 일이 발생한 거야, 너와 나에게도."

황소윤이 오른쪽 검지를 내 눈을 향해 내밀었다. 심장이 폭발할 듯 뛰었다.

하지만……. 이번에는 상형의 서글서글한 눈이 떠올랐다. 친절하고 착한 아이이다. 상형이 사이코패스라니. 그건 아닌 거 같다. 나 또한 예민하고 민감하기로 치면 황소윤에 뒤지지 않는다. 나는 상형에게 이상한 점을 발견하지 못했다.

"그들은 항상 천사의 가면을 쓰고 있어. 그래야 사람들이 자신들 가까이 다가오니까."

황소윤이 내 마음을 읽은 거처럼 말했다.

"아참, 또 하나."

황소윤은 중요한 게 생각났다는 듯 말에 힘을 주었다.

"아까 우리 다 잠들었잖아. 그것도 이상하지 않아? 나는 너희들 셋이 모두 잠든 후에도 잠들지 않으려고 노력했어. 그런데 나도 모르게 잠이 들었어."

"그럼 우리가 낮잠을 잔 것도 다 그들의 의도란 말이야?"

나는 나도 모르게 어느새 '그들'이라고 말하고 있었다. 황소윤이 고개를 끄덕이며 "수면제."라고 말했다. 가만 짚어 보니 일리 있다. 강타수 선생은 우리를 재우지 못해 안달이었다. 강타수 선생은 빵을 잘 먹고 있는지 확인하러 오기도 했다. 혹시 빵에 수면제를?

잠시 고요가 흘렀다. 화장실 창문으로 바람이 들어왔다. 황소윤 앞머리가 바람에 날렸다. 앞머리가 날리자 이마가 드러났다. 헉! 이마를 가로질러 길게 흉터가 있었다.

"너는 상형한테 뭔가 이상한 점 발견 못 했어?"

황소윤이 물었다.

"딱히 특별한 것은……."

그때 상형이 갖고 있는 기계가 생각났다. 새로 나온 휴대폰이라고 생각했는데 지금 생각해 보니 좀 이상했다. 구모델이나 신모델이나 휴대폰 모양은 거의 비슷하다. 그런데 상형 거는 우리가 쓰는 휴대폰과는 전혀 다른 디자인이었다. 나는 그 말을 하려다 멈칫했다. 사이코패스하고 기계하고는 전혀 연관이 없는 거 같았다. 사이코패스들이 기계를 연구하고 개발하는 사람들은 아니니까.

"무슨 말을 하려다 말아?"

"별거 아니야. 상형이 이상한 기계를 갖고 있었거든. 사진도 찍어 전송할 수 있는 기계."

– 드드득

그때, 밖에서 인기척이 들렸다. 황소윤과 나는 재빨리 화장실 밖을 내다봤다. 계단으로 향하는 모퉁이를 돌고 있는 뒷모습, 강타수 선생이었다.

"우리 얘기 엿들은 거야?"

나는 겁이 덜컥 났다. 황소윤은 잠깐 무슨 생각을 하는 듯했다.

"아닐 거야. 봐 봐, 여기에서 저기 계단까지는 적어도 40미터가 넘어. 소리가 났을 때 우리가 바로 내다봤으니까 한 2초 정도밖에 걸리지 않았어. 2초 안에 40미터를 간다는 것은 불가능해."

안테나를 끌 때 행복해진다고?

황소윤이 자기 엄마한테 전화를 했다. 이불을 뒤집어쓰고 통화하는 바람에 들을 수는 없었지만 어떤 내용인지는 짐작할 수 있었다. 사이코패스가 운영하는 학교이니 얼른 와서 자길 구출하라는 거겠지.

"너희 엄마가 뭐라셔? 당장 데리러 오신대?"

나는 황소윤이 이불 속에서 기어 나오기 무섭게 물었다. 황소윤은 어깨를 늘어뜨린 채 고개를 저었다.

"소설 쓰지 말래. 엄마가 다 알아보고 보낸 거라고. 세상이 무서운 거는 사실이지만 그렇다고 해서 모두 다 그런 거는 아니래."

하긴 화장실에서 나오면서 생각했는데 사이코패스 집단이니, 그들의 먹이가 되느니 하는 말은 좀 심하다 싶었다. 하지만 우형이 했다는 말은 좀 이상하다. 상형도 분명 우형에게 무슨 문제가 있는 거처럼 말했다.

'아무래도 황소윤에게 상형이 갖고 있는 기계 얘기는 괜히 한 거

같아. 그거 때문에 상형이 곤란해지면 어쩌지?'

시간이 지나면서 그게 마음에 걸렸다. 만약 황소윤이 교장이나 강타수 선생에게 그 말을 한다면……. 에이, 황소윤은 교장과 강타수 선생을 사이코패스 집단이라고 말하는데 설마 그 말을 하겠어? 아니지, 왜 우리만 휴대폰을 못 가지고 있게 하냐고 따질 수도 있지. 아악, 내가 미쳐. 그놈의 분위기가 뭔지. 황소윤이 잔뜩 분위기를 잡는 바람에 분위기에 휩쓸려 덜컥 말하고 말다니. 나는 내 입을 쥐어뜯었다. 이미 엎어진 물이니 도로 쓸어 담을 수도 없고.

잠을 잔 듯 만 듯 아침이 되었다. 아침부터 살이 데일 정도로 햇살이 뜨거운 것만 빼면 다른 날과 다를 거 없는 아침이었다. 침대에 앉아 서연지가 급식 먹기 전에 하다 만 화장을 시작했다.

"아휴, 못 봐주겠다."

황소윤이 서연지를 향해 고개를 절레절레 젓더니 이불을 뒤집어썼다.

"안 보면 되는 거지. 왜 시비야?"

서연지가 입을 삐죽하니 내밀었다.

"진짜 궁금한 게 있는데 왜 화장을 한쪽 눈만 하냐?"

"그러고 싶어서 그러는 거 아니야. 완벽하게 하느라고 시간이 없어서 그런 거지. 나는 완벽한 걸 좋아하거든."

김민만 완벽 주의자인 줄 알았더니 서연지도 완벽이라는 말을 썼다. 하긴 예민하고 민감한 사람들의 공통점에 완벽은 항상 뒤따라

다닌다. 어떤 부분에서 완벽을 기하는지 그 차이일 뿐.

서연지는 오늘은 아이라인 그리기에 초집중하고 있었다. 아이라인을 그리면 그릴수록 눈은 이상해졌다. 서연지가 화장품 회사의 마루타가 아닌가 하는 엉뚱한 생각을 했다. 실험 대상 말이다. 이렇게 하면 안 된다는 표본을 보여 주기 위한 대상. 그런데 완벽을 기하는 성격이 맞긴 한 거 같다. 아이라인에 초집중한 서연지의 모습 위로 언뜻 얼마 전 영화에서 본 고뇌에 찬 도공의 얼굴이 스치고 지나갔다. 마음에 들지 않는다고 괴로운 표정으로 애써 빚고 구운 도자기를 깨던 도공. 그게 완벽을 기하는 장인의 정신이다.

수업 시간이 될 때까지 서연지는 아이라인을 한쪽 눈밖에 그리지 못했다.

10시 정각에 시청각실로 내려갔다. 남자애들은 이미 반듯한 자세로 자리에 앉아 있었다. 그런데 상형이 보이지 않았다. 정수리 부분에 찬물을 끼얹은 듯 싸했다.

"상형은?"

나는 김민 옆에 앉은 하형에게 물었다. 하형은 어깨를 으쓱 올려 보였다. 모른다는 뜻인지 안다는 뜻인지 알 수가 없었다.

잠시 후 강타수 선생과 교장이 들어왔다.

"선생님, 상형은요?"

"상형은 벌 받는 중이다. 왜냐하면 상형은 학교 규칙을 어겼기 때문이지. 흐음."

교장의 이마 위로 어두운 그림자가 스치고 지나갔다. 가슴이 쿵

하고 내려앉았다. 드디어 일이 터졌구나. 내 눈은 자연스럽게 황소윤에게 향했다. 황소윤 얼굴에는 조금의 변화도 없었다. 황소윤이 일러바친 거는 아닌 거 같았다. 나는 우형을 바라봤다. 무덤덤한 저 모습, 마음을 읽을 수가 없었다.

"그럼 수업 안 듣고 어디 있어요?"

우선 상형이 어디에 있는지 알고 싶었다.

"……."

"예?"

"뭘 그렇게 꼬치꼬치 알려고 하나? 알 필요 없다. 흐음."

"무슨 규칙을 어겼는데요?"

서연지가 묻는 순간, 파파팟! 괴상한 소리와 함께 복도에 파란 빛이 언뜻 스치고 지나갔다. 강타수 선생이 재빨리 밖으로 뛰어나갔다. 그리고 잠시 후, 강타수 선생이 급하게 들어왔다.

"전기에 문제가 생겼습니다."

강타수 선생의 말을 듣는 교장 얼굴이 파랗게 변해 갔다.

"흐음, 흐음. 하나를 해결하니 하나가 또 문제를 일으키는군, 흐음 흐으음."

교장 입에서 끊임없이 괴로운 신음 소리가 새어 나왔다.

"오전 수업은 자습하도록."

"또?"

서둘러 시청각실을 나서는 교장과 강타수 선생 뒤통수에 대고 김민이 중얼거렸다.

"무슨 학교가 수업을 하루도 제대로 안 해? 돈 받고 이러는 거는 아니지. 뭐라도 가르치려고 노력은 해야 할 거 아니야. 툭하면 수업 못 한대. 일부러 그러는 거 아니야? 가만히 있다가 왜 꼭 수업을 시작하려고 하면 일이 터지는 거냐고. 그래, 맞아. 가르칠 자신이 없으니까 일부러 그러는 게 맞는 거 같아. 그러니까 이 학교, 무등록 업체일 거야. 신고해야 하는 거 아니니?"

서연지는 말은 이렇게 하면서도 벌써 아이라인과 거울을 꺼내 들고 있었다.

내 머릿속에는 온통 상형이 가득 차 있었다. 교장은 상형이 규칙을 어겼다고 했다. 그 기계를 노출시킨 게 이유일 거다. 기계로 사진을 찍어 전송시킨 것은 나와 상형, 그리고 황소윤만 알고 있다. 우형은 정확하게 모른다. 나의 예민하고 민감한 더듬이에 의하면 황소윤은 절대 범인이 아니다. 교장은 어떤 경로를 통해 그걸 알게 되었을까? 귀신이 곡할 노릇이다.

'아!'

머릿속이 번쩍했다.

'혹시 강타수 선생?'

나는 어제 일을 떠올렸다. 황소윤은 40미터의 거리를 2초 안에 이동하는 거는 불가능하다고 했지만, 생각해 보니 2초가 아닐 수도 있다. 화장실 밖에서 소리가 들렸을 때 나와 황소윤은 서로를 마주봤고 '이게 무슨 소리지?' 하는 무언의 눈빛을 주고받았다. 둘 다 재빨리 내다봤다고 믿었고 황소윤은 그 시간을 2초라고 단정 지었지만 그건 우리 둘만의 착각일 수 있다.

오후 수업에 교장과 강타수 선생은 야릇한 냄새를 풍기며 시청각실에 들어왔다. 뭔가 타는 냄새였다.

"어디까지 배웠더라?"

교장은 피곤한 기색이 역력했다.

"어디까지 배우긴 뭘 어디까지 배워요? 언제 뭘 가르치기나 했어요? 돈을 받았으면 사람이 양심 좀 있어 봐요. 제가 공부는 좀 못 하지만요, 결석이나 지각은 단 한 번도 한 적이 없거든요. 그런데 이렇게 무책임하고 개념 없는 학교는 처음 봐요."

서연지의 말에 교장은 민감하게 반응했다. 교장의 짙은 눈썹이 꿈틀거렸다. 김민이 겁에 질려 어깨를 움찔거렸다. 그러자 하형이 김민의 손을 꼭 잡아 주었다. 쟤들은 언제 저렇게 친해진 거야? 설마 겁쟁이 김민이 연애를 시작한 거는 아닐 테고. 김민은 연애 금지인 학교에서 연애를 시작할 만큼 배짱 있는 아이는 아니다. 엊그제까지만 해도 선생님 없는 곳에서는 남자애들과 같이 있는 거조차 겁내 하던 김민이었다. 그런데 하형과 손을 꼭 잡고 있다니 어안이 벙벙했다.

"아아 힘들다, 힘들어."

교장은 창가 의자에 털썩 주저앉았고 강타수 선생이 수업을 시작했다. 강타수 선생이 전자 칠판을 켜자 까맣고 굵은 글씨가 선명하게 나타났다.

상하좌우, 내 몸의 안테나를 꺼라.
안테나를 끌 때 행복해진다!

"너, 수업 못 하는 거를 가장 안타깝게 여겼지? 일어나 봐라."

강타수 선생이 서연지를 가리켰다. 서연지가 립스틱 뚜껑을 열다 놀라서 일어났다.

"너는 지금 현재 네 몸에 보유하고 있는 안테나가 모두 몇 개쯤 된다고 생각하나?"

"제가 기계도 아니고 무슨 안테나가 있어요?"

서연지가 어이없는 표정을 지었다.

"내가 볼 때 서연지 너는 적어도 열 개 이상의 안테나가 있다. 그 안테나를 주야장천 쉬지 않고 돌리고 있지. 둘 이상 사람이 모인 곳에서 말을 하지 않고 가만히 있으면 다들 너를 무시할 거라고 반응하는 안테나, 다른 사람들끼리 무슨 말을 하고 있으면 혹시 네 흉보는 거는 아닌지 불안해하는 안테나. 그래서 너는 늘 확인하려고 하고 쉴 새 없이 떠드느라 피곤해. 아이들의 톡 주고받는 소리에도 민감하게 반응하는 안테나, 어떻게 하면 내 얼굴과 옷이 다른 사람에게 책잡히지 않고 마음에 들 수 있을지 완벽하게 하려는 안테나……. 그게 네 안테나들이지."

강타수 선생은 빠르게 말을 이어 갔다. 강타수 선생이 말하는 동안 서연지 얼굴에는 놀라움이 가득 찼다.

"그거하고 연애하는 법하고 무슨 상관이에요?"

서연지는 머리를 한 번 흔들더니 말했다.

"수업 진도를 나가다 보면 다 상관있다는 거를 알게 된다. 거기!"

강타수 선생이 나를 가리켰다.

"연보라, 네 안테나는 아주 복잡해. 네 생각대로 판단을 내리는 안테나를 쉬지 않고 돌리고 있어. 네 안테나는 너만 힘들게 만드는 게 아니라 상대도 힘들게 만들지. 그리고 너, 황소윤. 나는 지금껏 너처럼 복잡한 안테나를 켜고 다니는 아이를 본 적이 없다. 한마디로 설명하기 힘들지. 거미줄처럼 얼기설기 상하좌우 멋대로 엉키고 엮인 안테나지. 다음, 김민 너는 그 안테나 계속 켜고 다니면 죽을 때까지 시작도 해 보지 못하는……."

– 펑, 파파파팟

아, 또 무슨 일이 터진 거다.

눈을 감은 채 의자에 등을 기대고 있던 교장이 일어났다.

"복합적인 문제가 생긴 거 같습니다."

"흐으음, 기어이 포기해야 하는 건가……. 내가 가장 아끼던……."

교장은 강타수 선생 말에 괴로워하며 비틀비틀 밖으로 나갔고 강타수 선생이 그 뒤를 따랐다.

"보일러 통이 완전히 맛 갔나 봐."

김민이 말했다.

오후 수업도 그냥저냥 지나갔다. 우리는 이른 저녁을 먹고 아직 해가 한 뼘이나 남아 있는 시간에 숙소로 돌아와 누워 버렸다.

"여름은 낮이 너무 길어. 여기에 오니까 더 그래. 오늘 하루에 얼마나 많은 일들이 일어났는지 하루를 산 게 아니라 며칠을 살아 낸 거 같아."

김민은 창밖을 내다보며 혼잣말을 했다.

서연지는 다듬었던 손톱을 또 다듬기 시작했다. 오늘은 새빨간 매니큐어 병이 대기 중이다. 걔, 태극기 좋아하는 게 맞다.

"있잖아, 가만 생각해 보니까 강타수 선생님이 말한 안테나 이야기 말이야. 딱 맞지 않아? 나는 겁이 많아서 뭘 시작하기 힘들거든. 겁 안테나. 아까 강타수 선생님 말을 듣는데 내 몸 곳곳에서 겁 안테나가 삐비비빅, 소리를 내고 있는 거 같았어."

창밖을 내다보고 있던 김민이 고개를 돌리며 말했다.

"하여간 공부 좀 하는 애들은 공부 빼면 다른 쪽으로 머리가 꽉 막혔다니까. 나도 아까 좀 놀라긴 했는데, 가만 생각해 보니 그게 아니더라고. 자기 소개서는 괜히 냈겠어? 선생님은 그걸 다 읽었을 거 아니야? 선생들은 친구들에게 힌트 얻은 거나 부모님 상담을 통해 알아낸 내용을 꼭 자신이 찾아낸 거처럼 말하는 데 선수들이야. 내가 초등학교 입학하고 난 후부터 지금까지 결석하지 않고 학교에 다니면서 본 결과로는."

서연지가 손톱을 호호 불며 혀를 쯧쯧 찼다.

자기 소개서. 아까 강타수 선생이 내 안테나 얘기를 할 때 꽤 복잡했다. 내 소개서는 엄마가 썼을까, 아니면 민규 아저씨가 썼을까? 만약 민규 아저씨가 썼다면 그 아저씨 나에 대해 연구깨나 한 거 같다.

'네 생각대로 판단을 내리는…….'

자주 듣는 말이다. 그런데 궁금하다. 강타수 선생은 황소윤의 안테나가 말도 못하게 복잡하다고 했다. 황소윤은 어떤 안테나를 가지고 있는 걸까?

시골의 밤은 한순간 찾아온다. 해가 산을 넘어가기 무섭게 어둠은 금세 빛을 꼴깍 삼켰다. 길고 길었던 하루가 스러지고 밤새가 퍼덕이며 나무를 오르내리는 소리가 들렸다.

창가에 서서 깜깜한 밖을 내다봤다. 상형은 언제까지 수업에 들어올 수 없는 걸까? 설마 쫓아내진 않겠지?

교장은 상형에게 규칙을 어긴 것에 대해 질책을 했겠지. 그 성깔에 어떻게 했을지 안 봐도 뻔하다. 상형이 얼마나 난감해했을까. 나 때문에 곤혹스러워했을 상형의 마음이 고스란히 전해지는 듯 콧날이 시큰해졌다. 미안하다는 말이라도 해야 하는데……. 얼마나 나를 원망하고 있을까.

밤이 깊었다. 밤이 고요한 강물처럼 흐르고 있었다. 상형을 생각하다 가물가물 잠이 들었다. 그때 누군가 내 몸을 흔들었다. 소스라치게 놀라 몸을 웅크렸다.

"나야."

귓속으로 뜨거운 입김이 들어왔다. 나는 딱딱한 껍데기를 파고드는 달팽이처럼 더 몸을 웅크렸다. 가슴이 터질 듯 뛰었다.

"나라고. 황소윤."

놀라서 기절하는 줄 알았다. 한밤중에 깨웠으면 놀라기 전에 이름부터 빨리 밝혔어야지.

“왜?”

“쉿! 무슨 소리 들리지?”

귀를 기울였다. 들릴 듯 말 듯 쇠 두드리는 소리가 들렸다.

“가 보자.”

“뭐?”

“소리가 나는 곳에 가 보자고.”

“소리 나는 곳이 어딘데?”

“가 봐야 알지.”

미쳤다.

상형! 제발 탈출해

복도를 벗어나 계단을 내려올 때 소리는 멈췄다. 계단에서 꽤 오랫동안 기다렸지만 소리는 다시 들리지 않았다.

"그 건물로 가 보자."

황소윤이 말했다. 여기까지 따라 나온 것도 무서운데 이 밤에 그 건물로? 이 아이, 간덩어리가 생각보다 훨씬 크다. 나는 싫다는 의사로 황소윤이 잡고 있는 팔을 한 번 흔들었다. 황소윤 손에 힘이 훨씬 많이 들어갔다. 결코 놔줄 수 없다는 뜻, 무슨 일이 있어도 소리가 나는 곳을 찾아내고야 말겠다는 뜻, 그러니까 너도 협조하라는 뜻 같았다.

구름에 가려졌던 달이 드러나자 주변은 한순간 환해졌다. 그렇지 않아도 폐교의 진수를 보여 주는 건물은 달빛을 받아 그 진가가 더욱 빛을 발했다. 영화에서 봤던 드라큘라 백작의 낡은 성과 분위기가 흡사했다. 세상에 존재하는 온갖 사건 사고는 오늘 같은 밤, 이 건물 안에서 일어날 거 같은 느낌이 들면서 아랫도리가 저릿해졌다.

하지만 건물 귀퉁이에 쪼그리고 앉아 한참을 있어도 안에서는 아무 소리도 들리지 않았다.

"오늘은 포기해야 할 거 같다."

황소윤이 본관을 향해 기어가다시피 걸어갔다.

숙소로 돌아왔을 때 온몸은 땀으로 흠뻑 젖어 있었다. 황소윤은 침대 안으로 기어 들어갔다. 얼마 지나지 않아 황소윤은 나지막하게 코를 골았다. 문득 황소윤의 안테나가 어떤 건지 또 궁금해졌다.

자다가 깨서 그런지 다시 잠들기 힘들었다. 머릿속은 어느새 갖가지 생각으로 가득 메워졌다.

'생각은 내일 하자.'

나는 억지로 머릿속을 메운 생각들을 떨쳐 내려고 애썼다. 겨우 잠이 들려는 찰나였다. 무슨 소리가 들렸다. 눈을 번쩍 떴다.

– 끼이익 끼익

황소윤은 조용했다. 황소윤을 깨우지 못할 정도로 끼이익 소리는 미세한 먼지처럼 작았다. 소리는 계속 이어졌다. 황소윤을 살짝 흔들었지만 깊이 잠들었는지 꼼짝하지 않았다.

'복도까지만 나가 보자.'

나는 조심조심 문을 열고 복도로 나왔다. 복도에는 달빛이 꽉 차 있었고 그 빛을 받아 정체를 알 수 없는 그림자들이 일렁이고 있었다.

나는 조심스럽게 창문에 귀를 댔다. 소리는 끊어질 듯 말 듯 이어졌다. 소리에는 사람을 중독시키는 이상한 힘이 있었다. 나는 나도 모르게 계단을 내려왔다. 2층으로 내려오자 소리가 좀 더 크게 들렸다. 1층에서 나는 소리 같았다. 1층으로 내려왔을 때 소리는 뒷 건물에서 난다는 것을 알 수 있었다.

– 끼이익 끼익

쇠로 된 뭔가를 긁는 소리 같았다. 나는 홀린 듯 그 건물을 향해 다가갔다. 다가가면서 나 스스로를 향해 혼잣말을 했다.

'미쳤어, 연보라. 너 대체 무슨 짓을 하는 거야. 이러다 무슨 일이 생기면 어쩔 건데?'

'무슨 일? 무슨 일이 생기면 소리 지르면 되는 거지, 문제될 거 있어?'

'문제될 게 없다고? 간이 부어터졌군.'

때가 끼어 흐릿한 창문을 슬쩍 넘겨다봤다. 달빛을 받은 건물 안은 의외로 밝았다. 다만 창문이 너무 더러워서 안에 무엇이 있는지 제대로 볼 수가 없었다. 나는 창문 가장 아래쪽에 침을 바르고 살살 문질러 때를 닦았다. 그리고 눈을 가까이 댔다.

"헉."

한순간 숨이 멎는 듯했다. 창문 맞은편에 누군가 앉아 있었다. 또렷하게 보이지는 않았지만 분명 사람이었다. 누가 이 밤중에 이 건물 안에 혼자 앉아 있는 걸까? 나의 예민하고 민감한 더듬이가 조심스럽게 움직였다.

'혹시 상형?'

교장은 알 필요 없다고 했지만 뭔지 모를 불안함이 스멀스멀 피어오르기도 했다. 상형일지 모른다. 아니, 상형일 거다. 내 더듬이는 그 능력을 발휘하기 시작했다. 나는 이미 내 느낌을 100프로 믿고 있었다.

'정신 똑바로 차리고 제대로 보자.'

나는 다시 창문에 눈을 가까이 댔다. 하지만 달빛으로 맞은편에 앉아 있는 사람의 얼굴을 확인하기는 어려웠다.

– 끼이익 끼익

또 그 소리가 들렸다.

나는 몸을 낮추고 건물 입구로 갔다. 나무 벽과는 전혀 다른 커다란 쇠문이 마치 오래된 성의 입구처럼 보였다. 자물쇠 같은 거는 없었다. 나는 조심스럽게 문고리를 잡고 당겨 봤다. 문은 가볍게 열렸다. 쇠문이라고 믿어지지 않을 만큼 매끄러웠다.

비스듬히 앉아 있는 그 사람은 문이 열렸음에도 별다른 반응을 보이지 않았다. 나는 눈을 가늘게 뜨고 얼굴을 확인하기 위해 집중했다. 하필이면 그때 달빛이 사라졌다. 구름에 가린 탓이다. 조금 기다리면 구름이 지나갈 거다. 나는 잠시 기다리기로 했다. 그런데 왜 저렇게 움직임이 없지? 잠들었나? 아니면…… 호, 호, 혹시 죽은 거? 나는 문고리를 맥없이 놨다. 여기까지 무슨 정신으로 왔는지 모르지만 그 알 수 없는 용기가 한순간 무너졌다. 뒷걸음치려는 순간 그 사람이 살짝 움직이는 게 보였다. 죽진 않았구나. 다행이다.

달빛이 다시 그 사람의 얼굴을 비추었다. 반듯한 이마, 날렵한 콧날이 눈에 쏙 들어왔다. 상형이다, 상형! 심장이 얼마나 빠르게 뛰는지 숨이 막혔다.

"상형."

내가 가까이 다가가며 이름을 부르자 상형이 돌아봤다.

나는 상형 앞에 쪼그리고 앉았다. 상형은 물끄러미 나를 바라봤다. 바라만 볼 뿐 아무 말도 하지 않았다.

"왜 여기에 있는 거야?"

– 끼이익 끼익

상형이 조금 움찔했던 그때, 또 그 소리가 났다.

"어디 아픈 거야?"

나는 상형의 이마를 만졌다. 이마가 얼음장처럼 차가웠다. 손을 잡아봤다. 마찬가지로 얼음장이었다. 원래 상형의 손은 차가웠지만 오늘은 더 심했다. 당장 병원에 가야 하는 거 아닌가? 그럼 119에 신고해야 하는데.

"보라구나."

그때 상형이 나를 알아봤다.

"그래, 나야 보라."

나는 상형의 손을 꽉 잡았다. 차갑다 못해 딱딱했다. 얘, 설마 죽는 거는 아니겠지. 나와 눈이 마주친 상형이 웃었다. 순간 긴장했던 마음이 눈 녹듯 녹으면서 나도 모르게 풀썩 주저앉고 말았다.

"어떻게 된 거야? 왜 여기 이러고 있어?"

"규칙."

상형이 길게 말하지 않아도 무슨 말인지 알 수 있었다. 교장이 가둔 거다. 벌준다고 여기에 가둬 놓은 거다. 그놈의 휴대폰. 시도 때도 없이 사진 찍자고 내놓으라고 했던 그 휴대폰. 그거 때문이다. 상형의 꼴을 보자 후회가 물밀듯 밀려왔다. 내가 왜 그랬을까, 태근이를 질투 나게 해서 뭐 하려고. 그렇게 해서 얻을 게 뭐 있다고. 그런데 이 아이, 나 때문에 이 꼴이 되고도 전혀 원망하지 않는 눈빛이었다. 한편으로는 교장을 이해할 수 없었다. 규칙을 어겼으면 차라리 집으로 돌려보내지 무슨 권리로 이런 곳에 가둬 놓는 거지? 설마 황소윤 말대로 진짜 사이코스패스? 그러면 이건 정말 위험한 상황이다.

"진짜 미안해."

일단 사과부터 했다. 진심이었다.

"뭐가?"

상형이 물었다.

"나 때문이잖아."

"아니야. 그게 왜 너 때문이야?"

상형이 말도 안 되는 소리 하지 말라는 듯 눈을 크게 뜨면서 고개를 저었다. 상형이 눈을 크게 뜨는 순간, 달빛을 받은 상형 눈이 번쩍였다. 나 같으면 너 때문에 이렇게 된 거라며 펄펄 뛰었겠다. 이제 어떻게 할 거냐고 책임을 묻겠다. 차라리 펄펄 뛰어 주었으면 고맙겠는데 저러니까 더 미안했다.

"내가 사진 타령만 하지 않았으면 휴대폰을 꺼내지 않았을 테고, 그럼 이런 일도 일어나지 않았을 거야. 그리고 더 미안한 것은 그 비밀은 너와 나만 알고 있어야 했는데, 내가 황소윤한테 말하고 말았어. 하지만 일부러 그런 거는 아니야. 그놈의 분위기 때문에 나도 모르게 말하고 말았어. 내가 하는 말을 강타수 선생이 듣는 바람에 이런 난리가 난 거지. 진짜 미안하다."

상형은 묵묵히 내 말을 들었다.

상형은 태근이처럼 팔랑거리는 애와는 완전 다르다. 아, 정말 내가 미쳤었지. 태근이 같은 놈이 뭐 좋다고 걔 질투를 유발시킨다고 일을 이 지경으로 만들다니. 그나저나 상형은 탈출해야 하는 거 아닌가? 지금은 감시하는 눈도 없다.

"상형, 내가 망을 봐줄 테니까 탈출해."

나는 아랫입술을 질끈 깨물며 힘주어 말했다.

상형이 무슨 말인가 하려고 몸을 옆으로 살짝 비틀었다. 그러자 다시 끼이익 끼익 소리가 났다.

상형이 싱긋 웃었다. 이 상황에 웃고 싶을까. 상형의 환한 미소가 달빛과 어우러져 조각으로 흩어졌다. 그 조각은 사각사각 내 마음으로 스며들었다. 갑자기 가슴이 콩콩거리고 뛰었다.

"가자."

나는 상형 손을 잡았다.

그때였다. 발자국 소리가 들렸다. 상형이 내 몸을 밀쳤다. 피하라는 뜻이다. 나는 몸을 날려 문밖으로 나와 살며시 문을 닫고 건물 뒤로 몸을 숨겼다.

– 뚜벅뚜벅

본관 쪽에서 두 사람이 걸어오고 있었다. 멀리서 봐도 교장과 강타수 선생이라는 거를 알 수 있었다.

'저 사람들 대체 상형을 가둬 놓고 무슨 짓을 하는 거야. 상형에게 이상한 짓을 하는 거라면 절대 용서 못 해.'

교장과 강타수 선생은 철문을 열고 안으로 들어갔다.

'신고하는 게 낫겠어. 상형 꼴을 보면 보통 심각한 게 아니야. 앉은 채 일어나지도 못하는 거 같아. 내 선에서 해결할 문제는 아닌 거 같아. 지금 바로 신고해야겠어.'

갑자기 이런 생각이 들면서 마음이 급해졌다. 나는 몸을 숙이고 본관으로 향하다 멈춰 섰다. 뭐라고 신고해야 하는 거지? 교장이랑 강타수 선생이 상형을 감금했다고? 감금해서 무슨 짓을 하고 있느냐고 물으면 뭐라고 하지? 대충 얼버무렸다가 장난 전화라고 생각하면 곤란하다. 그래, 확실한 증거를 잡자.

나는 창문 쪽으로 다가갔다. 그리고 그림자가 들키지 않도록 방향을 잡고 안을 들여다봤다.

교장과 강타수 선생은 상형 앞에 쪼그리고 앉아 있었다. 등을 돌리고 있어서 두 사람이 상형에게 무슨 짓을 하는지 알 수가 없었다.

– 끼이익 끼익

그 소리가 났다. 상형이 움직이고 있다는 증거다. 나는 조금 더 지켜보기로 했다.

매일 터지던 사고의 원인

달빛은 잔잔히 흐르고, 교장의 목소리는 달빛을 타고 퍼져 나갔다. 나는 교장의 말을 단 한 마디도 놓치지 않으려고 초집중했다. 여차하면 바로 전화 있는 곳으로 달려가려고 다리에 힘을 주었다.

"어쩌다 이렇게 되었을까. 휴우."

교장은 땅이 꺼지게 한숨을 쉬었다.

"나는 내 평생을 바쳤다."

"알고 있습니다."

강타수 선생이 말했다.

"사람들이 환호하기 시작했을 때 가장 화려한 조명을 받았지. 시간이 지나면서 사람들은 외모에 대해 불평을 하기 시작했어. 외모가 결코 중요한 문제가 아니었는데 말이야. 그래서 외모를 바꾸는 데에 온 힘을 기울였지. 누구도 외모에 있어서는 나를 따라오지 못해. 완벽하니까."

교장의 목소리가 창문을 타고 넘어왔다. 완벽한 외모라는 말에

이 상황에서도 웃음이 나오려고 했다.

"그렇지요, 완벽하지요. 누구도 따라오지 못하지요."

강타수 선생이 교장 비위를 맞췄다.

"그런데 말이야. 내가 외모를 완벽하게 만들기 위해 연구하는 동안 남들은 다른 쪽에서 열정적이었어. 내가 그들을 못 따라갈 거 같아? 천만에, 나는 천재야. 거의 잠도 안 자면서 다시 연구했어. 그들과 차별화된 모습을 보이고 싶었어. 그리고 또 하나의 거대한 탑을 올리게 되었지. 사람들의 감정을 완벽하게 읽고 비슷한 감정이 흐를 수 있게 하는 연구, 그게 성공했어. 어디 하나 흠잡을 데가 없었지. 처음에는 최고의 찬사가 이어졌어. 사람이 달에 간 것보다 100배 이상의 대단한 일을 해냈다고 했지. 그런데 얼마 지나지 않아 내가 넘어서는 안 될 선을 넘었다더군. 뭐든 자기네들 편한 대로 결정을 내리지, 휴."

교장이 또 한숨을 쉬었다. 무슨 말을 하는 건지 도통 알아들을 수가 없었다.

"그랬었지요. 후유."

강타수 선생도 덩달아 한숨을 쉬었다.

"그래서 다시 단순화시켰어. 하지만 미적분을 할 줄 아는데 사과 세 개를 가져다 놓고 '하나 둘 셋, 이거만 세도록!' 하고 단순화시키는 것은 어려워. 정말 어려워, 흐흐으음."

교장이 괴로운 듯 머리를 감싸 안았다.

"협회에서 또 전화 왔었나?"

한참 괴로워하던 교장이 물었다.

"예, 수시로 옵니다."

강타수 선생이 대답했다.

"오늘도 왔나?"

"당연히 왔습니다."

"뭐라고 하던가?"

"어제와 같은 말이었습니다. 단순화시키는 걸 실패하면 전부 폐기 처분하랍니다."

"미친……. 차라리 나를 폐기 처분하지. 하긴 손 놓고 이 바닥을 떠나면 그게 곧 폐기 처분이겠지. 내가 모든 것을 뒤로 하고 뒷방 신세를 지는 늙은이가 되면 그게 곧 폐기 처분 아니겠나."

"해 보는 데까지는 해 봐야 한다고 생각합니다."

강타수 선생이 말했다.

"상형."

교장이 상형을 부르는 순간 끼이익 끼익 소리가 들렸다.

"너는 내가 가장 열정을 갖고 만들었지. 너를 만들 때 내 오감의 능력은 최고로 빛을 발할 때였어. 너는 사람과 완벽하게 일치하는 외모와 감성을 지녔어. 나는 너를 세상에 존재하는 로봇 중에 최고로 만들고 싶어 내가 지닌 모든 것을 다 바쳤지. 너는 사람과 별반 다를 게 없어. 말하고 생각하고. 내가 입력한 것에 한해선 정말 완벽해."

가만! 교장이 지금 무슨 말을 하는 거야? 나는 입 밖으로 나오려는 신음을 손바닥으로 틀어막았다. 상형이 로봇이란다, 로봇!

"상형, 알고 있나?"

"예."

상형이 대답했다.

"그러고 난 후 하형, 우형, 좌형, 미미를 만들었지. 나는 최대의 찬사를 받기 위해 너희들을 만들었지만 너희들로 인해 나락으로 떨어졌어. 기계가 인간의 가장 깊은 곳까지 침범하는 것은 윤리에 어긋난다는군. 인간을 앞서가는 것은 괜찮은데 인간과 같아서는 안 된다니, 그게 말이 되느냐고. 나는 하루아침에 비윤리적인 과학자로 낙인찍혔어. 그건 정말 슬픈 일이었지. 나는 너를 비롯해서 내가 만든 로봇들과 함께 세상을 마칠까 하는 생각도 했지."

"선생님. 그런 말씀은 하지 마십시오."

강타수 선생이 울먹였다.

"하지만 그러질 못했어. 내가 내 목숨을 스스로 끊는 게 아까워서 그랬던 거는 아니야. 강타수 자네도 알지 않나?"

"그럼요, 선생님."

"내가 내 목숨보다 더 아끼고 열정을 바쳤던 로봇들. 나에게 있어서 로봇이 아니라 자식들이야."

"압니다, 선생님. 20년 동안 선생님 옆에서 함께 작업했던 제가 그걸 왜 모르겠습니까?"

앞이 까마득해지고 다리에 힘이 풀렸다. 꿈을 꾸듯 머릿속도 아득해졌다.

"상형, 하형, 우형, 좌형, 그리고 미미. 나는 협회의 요청에 따라 그들을 단순화시키기 위해 노력했어. 우린 일단 살아남아야 하거든. 그런데 왜 이렇게 자꾸 복잡해지는 거지? 뭐가 문제지? 기능을 하나 막으면 한쪽이 터져 버리고, 다른 쪽 기능을 막으면 또 터지고."

교장은 다시 두 손으로 머리를 감싸 안았다.

"선생님. 그건 조금 전에 선생님이 하신 말씀대로예요. 공부 잘하는 아이에게 공부하지 말라고 한다고, 어느 날 갑자기 공부를 못하는 거는 아니잖아요. 사람에 거의 완벽하게 접근한 로봇을 한 가지 일만 할 줄 아는 단순한 기능을 가진 로봇으로 고치기는 상당히 힘듭니다. 하지만 조금 더 연구하면 될 겁니다."

"아아, 얼마나 많은 연구와 열정으로 만든 로봇들인데 한낱 청소 로봇이나 주전자 로봇 정도로 고쳐 놓으라니."

교장이 괴로워했다.

그럼 매일 펑펑, 파파팟 터지는 소리가 단순화시킨 로봇이 말썽을 일으키는 소리였다는 말인가?

"기어이 상형까지 문제가 되었네. 나는 상형만큼은 다른 로봇들보다 약간의 기능을 더 살리고 차단시켰어. 그 정도면 문제없거든. 그러곤 별문제 없어 보였는데 갑자기 이상을 보이고 있어. 상형만큼은 다른 아이들처럼 용접을 하거나 기름을 갈아 채우며 엉망진창의 모습으로 바꾸면서까지 단순화시키고 싶지 않은데……. 어디에서 문제가 생긴 거지?"

충격이다. 다리에 힘이 풀렸다. 나는 넘어지지 않으려고 창틀을 움켜잡았다. 그때 구름에 가렸던 달이 밖으로 환히 모습을 드러냈다. 순간 교장이 고개를 반짝 쳐들더니 획 돌아봤다. 나는 재빨리 고개를 숙였다. 가슴이 터질 듯 뛰었다.

다행히 들키지 않은 거 같았다. 나는 기어서 본관 건물로 돌아왔다. 3층까지 어떻게 올라갔는지 모르겠다. 겨우 방으로 들어가 침대 안으로 들어갔다.

온몸이 떨리며 추웠다. 아랫니와 윗니가 마구 부딪혔다. 나는 이불을 몸에 돌돌 말고 새우처럼 몸을 구부렸다. 오랫동안 한기는 사라지지 않았다. 얼음 벌판 중간에 발가벗은 몸으로 서 있는 듯했다. 좀 전에 들었던 교장의 말과 상형의 모습이 머릿속에 왔다 갔다 하기는 했지만, 너무 추워서 깊게 생각할 정신도 없었다. 얼마를 추위와 싸웠을까? 서서히 몸이 풀리기 시작하면서 어깨에 꽁꽁 뭉쳤던 긴장과 두려움도 같이 풀렸던 모양이다. 나는 잠에 빠져들었다.

"만져 보라니까. 완전히 펄펄 끓어."

나는 서연지 목소리에 눈을 떴다. 한쪽 눈이 커다란 서연지가 내 이마에 손을 올린 채 나를 바라보고 있었다.

"눈 떴다, 눈 떴어."

서연지 말에 김민 얼굴이 불쑥 나타났다.

"어디가 아픈 거야? 말을 해 봐."

김민이 물었다.

"하여간 공부 좀 하는 것들은 꼭 그렇게 확인을 하려고 한다니까. 척 보면 모르냐? 지금 눈을 뜨고도 우리를 멍하니 쳐다보기만 하잖아. 이런 애가 어디가 아픈지나 알겠니? 그냥 막 아픈 거지. 원래 열이 펄펄 끓으면 정신이 없어서 자기가 어디 아픈지도 모르는 법이야. 가서 교장한테 해열제 좀 받아 와."

"내가?"

"그럼 내가 가? 나는 아직 마스카라 한쪽밖에 안 했단 말이야. 이런 불완전한 모습으로 교장을 일대일로 만날 수는 없잖아."

"네 눈은 맨날 그런데 뭘. 나는 교장 선생님 무서워."

김민이 볼멘소리를 했다.

"그럼 네가 갔다 올래?"

서연지가 황소윤에게 말했다.

"아휴, 눈화장 하고는."

황소윤이 서연지를 외면했다.

"괘, 괘, 괜찮아. 약 안 먹어도 돼. 조, 조금만 더, 더 쉬, 쉬면 되, 될 거 같아."

나는 돌아누웠다.

"멀쩡하던 애가 말을 막 더듬잖아. 무지하게 아픈 거라니까. 지금 아픈지 안 아픈지 그것조차도 알 수 없을 정도로 아픈 거야. 이럴 때 열이 더 올라가면 끝장나는 거지."

"끝장?"

김민이 겁먹은 목소리로 물었다.

"경기 일으킬 수 있어. 그럼 응급실로 가야 해. 응급실까지 무사히 가면 다행인데, 그러지 못할 수도 있어."

"무사히 가지 못하면 어떻게 되는 건데?"

"……"

서연지는 대답하지 않았다. 무사히 가지 못하면 무사하지 못한 거고, 무사하지 못한 거면 죽는 거네. 열 좀 나는 거 갖고 사람을 한순간에 죽이고 있다.

그때 아침 식사 시간이라는 방송이 나왔다.

"밥 먹고 올 때 해열제 받아 와도 되는 거지? 강타수 선생님한테 달라고 할게."

김민은 조심스럽게 물었고, 나는 그런 김민이 안쓰러워서 그래도 된다고 말했다. 김민은 내가 밥을 먹지 못하는 것을 엄청나게 안타까워하면서 방에서 나갔다.

겁 많은 김민은 자신이 손을 꼭 잡고 있던 남자애가 로봇이라는 사실을 알면 어떤 반응을 보일까? 놀라는 거는 둘째 치고 어쩌면 김민에게 영원한 트라우마로 남을 수 있다. 어떤 남자를 만나든 로봇이 아닐까 의심부터 할 거고, 그러면 앞으로도 영영 김민은 남자와 사귀어 보지도 못할 거다.

나는 침대에 누워 서연지가 침대에 내던져 놓은 빨간 매니큐어 병과 파란 매니큐어 병을 바라봤다. 닮은 점이라고는 전혀 없는 빨간색과 파란색, 닮기는커녕 한 가지색은 따뜻한 색이라고 불리고, 하나는 차가운 색이라고 불린다. 정반대의 색깔이다. 그 반대의 색깔이 하나가 되어 태극기 문양이 만들어졌다. 사람과 로봇, 완전히 다르다. 하나는 따뜻한 피가 흐르고 세월이 지나면 죽을 수밖에 없는 사람이고 하나는 피 자체가 없는 차가운 기계다. 그리고 세월이 흘러도 스스로 죽지는 않는다. 누군가 폐기 처분하기 전까지는.

빨간색과 파란색은 전혀 다른 색임에도 하나의 문양을 만들었는데, 사람과 로봇은 그럴 수 없는가 보다. 기계가 침범해서는 절대 안 되는 경계가 있는가 보다. 윤리라는 이름의 경계. 그런데 가만 생각해 보니 웃긴다. 그러면서 인공 지능이라는 말은 왜 생겼으며 더 기능이 좋은 로봇을 만들지 못해 안달일까? 인간과 닮으면 안 되면서 인간을 뛰어넘는 것은 괜찮다는 논리도 그렇다. 로봇과 친구가 되는 것은 안 되고, 로봇에게 점령당하는 것은 용서한다는 말과 같다.

아무리 생각해도 상형이 로봇이라는 것을 믿을 수가 없었다. 목소리는 거칠지만 한없이 부드러운 말투, 친절한 미소, 어떻게 사람과 그렇게 똑같을 수 있을까. 그리고…… 상형을 보며 콩콩 뛰었던 가슴. 내가 기계를 보고 가슴이 뛰었다는 말이다.

나는 침대에서 일어났다.

"믿을 수 없어."

차라리 꿈이라면 좋겠다. 너무 생생한 꿈을 꾸고 나서 그게 현실인 거로 착각하는 거라면 진짜 좋겠다.

"어? 일어났네."

김민이 들어왔다. 김민은 해열제를 갖고 왔다.

"오늘은 수업 안 들어오고 쉬어도 된대."

김민이 말했다.

"누가?"

"누군 누구야, 교장 선생님이지. 강타수 선생님한테 네가 아프다고 말하는데 교장 선생님이 듣고 그러더라."

어젯밤 두 손으로 머리를 감싸 쥐고 괴로워하던 교장이 떠올랐다. 평생을 바쳐 연구해서 만든 로봇들이 인간의 경계를 침범했다는 이유로 모두 폐기 처분되어야 하는 위기에 처했다며 괴로워하던 모습.

폐기 처분. 나는 하나하나 쇳조각이 되어 해체되는 상형을 떠올리며 진저리를 쳤다.

해열제를 먹고 종일 잠만 잤다. 열도 오르락내리락했다. 열이 오르면 몸이 떨렸고 열이 떨어지면 온몸이 축 늘어졌다. 하루가 참 길었다.

감정을 차단해야 해

눈을 뜬 것은 천둥소리 때문이었다.

– 콰앙!

어디에 벼락이 떨어지는 모양이었다. 세상이 깨질 듯한 폭발음이 들렸다. 비는 미친 듯 쏟아지고 있었다. 종일 잔 탓일까, 정신이 조금씩 또렷해졌다. 깊고 깊은 잠의 늪에서 빠져나온 느낌이었다.

창문 쪽으로 돌아누워 빗소리를 들었다. 상형의 미소가 떠올랐다. 다정하고 부드러운 미소. 그렇게 웃는 아이가 로봇이라니.

'그래, 교장이 거짓말하는 건지 어떻게 알아? 완전 사기꾼 기질이 다분하잖아. 직접 확인해 보자, 그게 확실해.'

나는 돌돌 만 이불을 걷어 내고 일어났다.

복도는 칠흑처럼 어두웠다. 무시무시하게 퍼붓는 빗소리에 발자국 소리가 묻혔다. 더듬더듬 복도를 걸어 계단으로 갔다. 천천히 계단을 내려가는데 번개가 쳤다. 한순간 계단에 그림자가 일렁거렸다. 내 그림자일 거라는 생각이 들면서도 가슴이 쿵 내려앉았다.

빗줄기는 몸을 뚫고 지나갈 정도로 거셌다. 빗줄기가 때린 어깨가 내려앉을 만큼 아팠다. 겨우 두 발자국 떼었을 뿐인데 온몸이 흠뻑 젖었다. 비에 흠뻑 젖음과 동시에 한기가 찾아왔다. 아랫니와 윗니가 마구 부딪혔다. 나는 어금니를 꽉 깨물었다.

일단 상형이 아직 건물 안에 있는지, 건물 안에 다른 사람은 없는지 확인해야 했다. 나는 빗물이 줄줄 흐르는 쇠문에 귀를 댔다. 비가 퍼붓고 한 치 앞도 분간할 수 없는 밤, 민감한 내 더듬이조차 방향을 잃은 듯했다. 건물 안 상황을 짐작할 수가 없었다. 나는 한참 동안 문에 귀를 대고 서 있었다.

'일단 열어 보자.'

그 방법밖에 없었다. 문은 아무런 저항 없이 매끄럽게 열렸다. 캄캄한 건물 안에는 어떠한 소리도 들리지 않았다. 조금의 온기조차 느낄 수 없는 안에서는 싸늘한 공기가 흘러나왔다. 상형이 있는지 없는지는 모르겠지만 교장과 강타수 선생 또한 없을 거라는 생각이 들었다. 사람이 있는 곳에는 사람에게서 뿜어져 나오는 온기라는 게 있는 법이니까.

"상형."

나는 용기를 냈다.

"상형."

나는 다시 한 번 상형을 부르며 건물 안으로 들어섰다. 더듬더듬, 발로 주위를 파악하며 걸음을 뗐다.

– 끼이익 끼익

들렸다. 상형이 움직이는 소리다.

"상형, 나야."

나는 두 팔을 벌리고 소리가 들리는 방향을 향해 나갔다. 몇 걸음 떼자 뭔가 발에 걸렸다.

"나야."

상형의 목소리였다. 있었구나. 있었으면 좀 전에 부를 때 대답이나 좀 해 주지.

"어느 쪽이야?"

나는 두 팔을 앞으로 쭉 뻗으며 몸을 돌렸다. 그때 상형이 내 손을 꽉 잡았다. 비틀거리던 몸이 중심을 잡았다. 순간 눈물이 왈칵 쏟아졌다. 어둠 속에서 방향을 찾지 못해 두 팔을 벌리고 있을 때 잡아 준 상형의 손. 차가운 상형의 손이었지만 마음은 그 어느 날보다 따뜻했다. 이 아이가 로봇이라니. 그 생각을 하자 가슴 한복판이 서늘해졌다.

"괜찮아?"

목소리가 깊게 잠겼다. 나는 큼큼거리며 목소리를 가다듬었다.

"물어볼 말이 있어서 왔어."

"응."

"어제 교장이랑 강타수 선생님이 하는 말을 들었어. 솔직히 말하면 충격이었어. 내가 태어나서 그 정도로 충격받은 것은 처음이야."

깊게 가라앉았던 목소리가 심하게 떨렸다. 나는 떨리는 목소리에 중심을 잡으려고 침을 한 번 삼켰다.

자라면서 엄마가 싱글맘이라는 것을 알았을 때도, 아빠라는 사람에게 엄마와 배 속의 내가 한꺼번에 버림받았다는 것을 알았을 때도, 또 어느 날부터인가 민규 아저씨가 엄마 옆에 그림자처럼 따라붙을 때도, 이 정도로 충격받지는 않았다. 나는 그 충격으로 오늘 온종일 잠을 잤다는 말을 하려다 말았다. 그 말을 들으면 어쩐지 상형이 걱정할 거 같았다. 로봇이 걱정하는 감정도 갖고 있을까? 그건 모르겠다. 하지만 상형이 나를 걱정하게 하는 어떠한 원인도 제공하고 싶지 않았다. 그 확률이 수만 분의 일이라도 말이다.

"교장이 로봇을 만들었어?"

상형, 너 로봇이야? 이렇게 물어봐야 하는데 딴말이 나왔다.

"응. 다 들었다면서."

상형은 담담한 목소리였다.

"응, 다 들었어. 그런데 문제가 생긴 거야? 수업할 때마다 교장이 당황해서 뛰어나갔던 게 로봇이 문제를 일으켰던 거야?"

상형이 로봇인지 아닌지 그게 궁금해서 와 놓고도 계속 딴말을 하고 있었다.

"그건 급식 도우미 미미 때문이야. 미미는 원래 반찬을 하고 그걸 나눠 주고 설거지하는 정도의 일만 하는 로봇은 아니었어. 사람의 얼굴을 보고 어떤 영양소가 부족한지 무얼 먹어야 하는지도 정확하게 짚어 냈지."

상형은 차분한 말투였다. 처음보다 좀 더 탁해진 쇳소리가 가끔 말 중간을 가르는 듯 귀에 거슬렸다.

“교장 선생님은 미미에게 사람과의 대화를 통해 그 사람의 가장 결핍된 부분을 찾아내는 능력까지 갖게 했어. 그런데 문제가 생겼어. 미미는 필요한 영양소만 찾아내는 게 아니라 가족 문제, 친구 문제까지 개입하게 되었지. 그러다 인간과 기계의 경계를 넘어섰다는 진단을 받았어.”

상형은 높낮이가 별로 없는 말투로 말을 이어 갔다. 아, 높낮이가 없는 저 말투, 저 말투가 로봇이라는 증거인가? 생각해 보니 상형이 이렇게 길게 말하는 거는 처음이었다.

교장은 대단한 과학자가 맞는 거 같았다. 대단한 연구를 했고, 대단한 로봇도 만들었다. 수많은 과학자들이 인간의 편리를 위해 연구하고 또 연구한다. 그런 연구를 통해 인류를 위협하는 질병도 극복하고, 지구의 종말이 온다면 대처할 수 있는 다른 별도 찾고 있다. 전자 제품도 인공 지능이라는 이름을 달고 날마다 진화한다.

아기를 낳지 않는 사람들이 많으니 처음에는 반려동물이 늘어났다. 그러나 지금은 로봇이 대세다. 얼마 전 텔레비전에서 광고하는 로봇을 보니 불면증인 사람에게 자장가를 불러 주고, 밥을 먹을 때 같이 마주 앉아 밥까지 함께 먹어 주는 로봇이었다. 이름이 ‘외로움 타파 로봇’이라고 했던 거 같다. 광고 마지막에는 늘 “우리 로봇 제조자는 ‘인간과 로봇의 공존을 위해 인간 중심의 윤리 규범을 확립하고 인간의 존엄성을 지키는 로봇을 만든다.’라는 한국로봇윤리헌장을 철저히 지키고 있습니다. 또한 ‘인간과 감정을 교류하는 로봇을 제조하지 않아야 한다.’라는 세계로봇협회 심의 규정을 지켜 로봇이 인간과 감정을 교류하게 만들지 않습니다."라고 했다. 사람의 감정을 알고 자장가를 불러 주거나 밥을 함께 먹는 행동을 하는 게 아니라는 말이다. 청소 로봇이 청소를 하듯 하나의 기능일 뿐인 거다. 진화는 바라되 깊은 개입은 원치 않는다는 거다. 상형이 하는 말을 듣고 있으면 사람과 똑같다. 그런 심의 규정을 갖고 있는 로봇협회라면 문제를 삼을 만하다.

"미미는 원칙대로라면 당장 폐기 처분해야 했어. 하지만 교장 선생님이 로봇 쪽으로는 워낙 실력 있는 과학자이고, 또 그동안 생활에 도움을 주는 많은 생활 가전용 로봇을 만들었기 때문에 협회에서 기회를 준 거야. 단순화시켜 그 증거를 보여 주면 폐기 처분을 하지 않아도 된다고 했어. 그래서 단순화시키기 위해 미미 왼쪽 뇌 부분을 손봤는데 뭐가 잘못되었는지 자꾸 터졌어."

그래, 날마다 펑펑 터졌지. 그런데…… 나는 상형의 말을 들으면서도 계속 딴생각을 하고 있었다. 아무리 교장이 뛰어난 로봇 과학자라고 하더라도 상형처럼 사람 같은 로봇은 만들지 못할 거다. 봐 봐, 말하는 게 어딜 봐서 로봇이야. 나는 끝까지 부정하고 싶었다.

"그렇다면 우형은……."

나는 조심스럽게 입을 뗐다. 지난번 상형은 엉겁결에 우형의 나사가 어쩌고 했다.

"우형도 단순화하기 위해 차단시킨 부분이 있어. 그중에 한 곳에 나사가 풀렸지만, 어제 다시 손봤기 때문에 큰 문제는 없어. 지금 하형, 우형, 좌형은 단순화시킨 대로 움직이고 있어. 나와는 달라. 처음부터 기능도 나의 절반이었으니까 단순화시키는 것도 나보다는 간단하지."

생각해 보니 하형, 우형, 좌형은 상형과 좀 달랐다. 말도 거의 하지 않았다. 얼굴의 표정 변화도 거의 없었다.

"개들은 조종하는 대로 움직이고 있어. 교장 선생님과 강타수 선생님이 조종하는 대로."

"어떤 걸 조종하는데?"

"음, 로봇 하나가 여학생 하나씩을 맡아 선생님들이 수업하는 걸 도와주게 하는 거지."

"아이들을 연애 박사로 만드는 수업?"

"연애 박사? 그게 뭐야?"

상형이 물었다.

"연애 전문가 말이야."

"연애, 그게 뭔데? 나에게는 입력되어 있지 않은 말이야."

상형은 진짜 로봇이 맞구나. 상형의 말에 로봇이라는 증거가 계속 나오고 있는데도 나는 여전히 부정하고 싶었다.

"연애는 말이야. 음, 말로 설명하자면 복잡해."

그 복잡한 감정을 어떻게 설명해야 할지 알 수 없었다.

"그런데 연애가 뭔지도 모르면서 수업을 돕는다고?"

"조종하는 대로 하면 되니까 문제될 거는 없어. 우리는 바로 폐기처분되는 대신 세 번의 기회를 받았어. 교장 선생님이 나와 하형, 우형, 좌형을 처음 만들 때 목적은 사람 마음을 편하게 만들어 주는 역할을 하기 위해서였어. 로봇들은 만들어질 때 각자 역할을 갖고 만들어지거든. 사람들은 갈수록 낮과 밤의 구별을 잘하지 못하고 예민해질 대로 예민해져서 자기 스스로를 못살게 군다고 했어. 우리는 그런 사람들에게 둔하게 생활하고 둔하게 생각하는 방법을 알려 주어서, 마음을 편하게 만들고 행복하게 해 줄 목적으로 개발된 거지. 그런데 훨씬 더 많이 업그레이드시키면서 문제가 된 거야. 교장 선생님은 우리에게서 다른 능력을 차단시키고 본래의 목적만을 가진 로봇으로 바꿔 보려고 했어. 사람의 감정과 같은 감정을 갖는 것, 그걸 차단했지. 그리고 그 증거를 보여 주기 위해 방학 때마다 특별한 학교를 연 거야. 학교를 다녀간 사람이 효과를 보고 많이 행복해졌다는 후기를 달면 통과야. 폐기 처분되지 않아도 돼. 하지만 첫 번째와 두 번째 학교는 실패했어. 차단시킨 부분에서 자꾸 문제가 생겨서 말이야. 사람의 감정과 비슷한 감정을 가진 로봇들은 자신의 존재를 잊고, 사람과 충돌을 일으키기도 해. 그래서 완벽하게 차단하고 자신이 맡은 일만 잘하는 로봇으로 재탄생되어야 하는 거야."

아하, 이제야 왜 나를 비롯해서 예민하고 민감한 아이들이 이 학교에 오게 되었는지 그 사실을 알게 되었다. 그런데 그것과 연애와는 무슨 연관이 있는 건지 아직은 잘 모르겠다. 강타수 선생은 진도를 나가다 보면 자연스럽게 알게 될 거라고 했다.

"그럼 내가 후기를 달아 줄게. 효과 봤다고."

그러면 간단할 것을.

"로봇협회 사람들은 거짓말인지 정말인지 정확하게 짚어 내. 후기를 보면 로봇들이 어떤 행동을 했는지 다 알 수 있거든."

"너도 단순화되지 않으면 폐기 처분되는 거야?"

내 앞에 있는 상형이, 가까이 있어도 온기는 느낄 수 없지만 그래도 저렇게 말을 하고 있는 상형이 폐기 처분이라니! 끔찍했다. 문득 그것도 살인이 아닌가 하는 생각도 들었다. 혼란스러웠다.

"아마 이번 학교도 성공하기 어려울 거 같아. 미미는 겨우 차단시키는 데 성공했지만 내가 말썽이거든."

"너도 차단시켰던 거야?"

"시켰어. 시켰는데 문제가 생겼어."

"무슨 문제?"

"처음엔 자꾸 방전되는 문제가 발생하더니 이젠 차단시키기 전으로 완벽하게 돌아온 거 같아. 이렇게 너와 자유롭게 대화를 나누고 있다는 게 그 증거야. 자유롭게 대화한다는 것은 너와 감정을 나눈다는 말이거든."

– 끼이익 끼익

상형이 움직였다.

그때였다. 빗소리 사이로 이상한 소리가 들렸다. 아주 순간이었지만 분명히 들었다.

"조용."

나는 상형에게 말하고 숨을 죽였다. 문 쪽이었던 거 같은데 조용했다.

'교장이나 강타수 선생은 아닌 거 같아. 두 사람 있었으면 바로 들

어왔을 텐데.'

그 생각을 하자 손가락 하나도 움직일 수 없을 만큼 공포스러웠다. 누굴까? 이 밤에. 비도 이렇게 퍼붓는데.

황소윤의 비밀

"너희 두 명, 대체 어디 갔다 온 거야? 비를 쫄딱 맞고. 둘 다 머리를 풀어 헤치고 빗물이 줄줄 흐르는 게 완전 귀신이야, 귀신. 너희들 귀신 놀이하다 온 거니?"

서연지가 팔짱을 끼고 나와 황소윤 앞을 왔다 갔다 했다. 내가 묻고 싶은 말이다. 황소윤은 비를 흠뻑 맞고 어디에 다녀온 걸까? 황소윤 머리에서 빗물이 뚝뚝 떨어졌다.

"무섭게 귀신이라는 말 좀 하지 마. 나갈 이유가 있었으니까 나갔다 온 거겠지."

김민이 나와 황소윤을 번갈아 보며 편을 들었다.

"지금 시간을 봐라, 밤 열두 시가 넘었어. 비가 이렇게 쏟아지는 밤에 밖에 무슨 볼일이 있어? 여기에 편의점이 있어서 편의점에를 다녀왔겠니, 노래방이 있어서 노래방을 갔겠니? 빙 둘러 산이고 밭이고 논인데 대체 나갈 이유가 어디 있다는 거야? 나는 도저히 이해를 못 하겠네."

서연지는 두 손을 마구 저었다. 오늘은 한쪽 손은 빨간 매니큐어, 다른 한쪽 손은 파란 매니큐어가 칠해져 있었다. 서연지가 두 손을 휘저을 때마다 태극기가 흔들리는 거 같았다.

"그건 그렇지만……."

김민이 말끝을 흐렸다.

나는 황소윤을 힐끗 바라봤다. 아까 그 소리의 주인공이 황소윤이었을까? 황소윤이었다면 나와 상형이 하는 말을 다 들었을 텐데, 그렇다면 상형을 비롯해서 남자애들이 모두 로봇이라는 사실도 알고 있다는 말이다. 그런데 황소윤의 표정은 그런 엄청난 사실을 알았다고 하기에는 너무나도 평온했다.

"어디 갔다 온 거야?"

서연지가 다그쳤다.

"어디에 갔다 왔는지 내가 왜 너한테 보고해야 해?"

나는 차갑게 쏘아붙였다. 그러면서도 눈 하나 깜짝이지 않고 황소윤의 표정을 읽었다.

"그래. 어딜 다녀왔든지 우리가 상관할 문제는 아니잖아."

김민이 겁먹은 얼굴로 내 눈치를 봤다. 그런 김민을 보자 마음 한 구석이 갑자기 약해졌다.

"열이 나서 답답했어. 그래서 나갔다 온 거야."

"헐, 답답하다고 비를 맞아? 그걸 말이라고 해?"

그러면 그렇다고 믿고 말면 될 것을 왜 이렇게 사람을 귀찮게 구는지 모르겠다. 그렇지 않아도 머릿속이 복잡해 죽겠고만. 그때 황소윤이 고개를 돌렸다. 눈이 딱 마주쳤다. 역시 대단한 비밀을 알게 된 직후의 얼굴은 아니었다. 문 앞에서 들렸던 소리의 주인공이 황소윤이 아니라면 쟤는 대체 어디에 다녀온 것이며 소리의 주인공은 또 누구란 말인지?

"혹시 너희 둘만 나랑 김민이 모르는 비밀을 갖고 있는 거는 아니지? 나 그런 거 진짜 싫어해. 서로 뭉쳐서 다른 사람 따돌리고 흉보고 그러는 거. 어디 갔다 왔어?"

서연지는 집요했다.

"그만 좀 해. 서연지, 너는 네 몸에 있는 그 안테나를 꺼야 한다고 했잖아. 너 지금 보라하고 소윤이가 밖에서 네 흉을 보고 왔을까 봐 그러는 거야? 그러지 마. 설마 비를 맞아 가며 그랬겠니?"

김민이 말했다.

"나 역시 다른 사람 따돌리는 거, 제일 싫어해."

황소윤은 수건으로 머리를 털고 몸을 닦은 다음, 옷을 갈아입고 침대 안으로 들어갔다. 김민이 내 손에 수건을 쥐어 주었다. 김민의 손이 내 손을 스치면서 따뜻한 온기가 느껴졌다. 몸에 피가 흐른다는 증거다. 살아 있다는 증거이기도 하다. 그런 논리라면 피가 흐르지 않는 상형은 살아 있다고 말할 수 없는 걸까? 믿기 싫은 일이다. 나는 상형에게서 사람의 온기를 느꼈다. 그것이 체온이 아닐지라도 상형의 말과 행동에서 분명히 느꼈다.

아침에 눈을 떴을 때 쇳덩어리가 몸을 짓누르는 듯 손가락 하나도 까딱할 수 없었다. 비를 맞은 탓인지 열이 펄펄 끓고 있었다.

"교장 선생님한테 말하고 병원 다녀와야겠어."

김민이 걱정했다.

"교장한테는 말하지 마."

나는 억지로 일어났다. 교장이 병원에 가라고 할까 봐 걱정이었다. 그렇게 계속 아플 거면 차라리 집으로 돌아가라고 할까 봐 두렵기도 했다.

밥이 돌인지 모래인지 헷갈릴 정도로 껄끄러웠다. 밥을 먹으며 급식 도우미에게서 눈을 떼지 못했다. 저 머릿속을 나사로 조이고 용접을 했다는 말이다. 도무지 믿을 수가 없다. 겉으로 보기에는 완벽한 사람이다. 교장이 흐뭇한 표정으로 급식 도우미를 바라본다는 건 기능을 차단하고 단순화시키는 데에 성공했다는 뜻이다.

그때 교장이 밖으로 나갔다. 나는 재빨리 급식 도우미에게 다가갔다.

"밥 더 있어요? 더 먹어도 돼요?"

나는 급식 도우미에게 물었다. 급식 도우미는 아무런 반응도 보이지 않았다. 쓱쓱싹싹! 빈 쟁반만 닦았다. 세제를 묻혀 오른쪽으로 돌려 닦고, 왼쪽으로 돌려 닦기를 반복했다. 정확하게 네 번씩이었다. 입력된 기계의 움직임이었다.

급식실에서 나오며 황소윤 팔을 툭 쳤다. 황소윤이 돌아봤다. 나는 따라오라는 신호를 보내고 1층 화장실로 들어갔다. 1층 화장실은 처음이었는데 들어서는 순간, 3층 화장실은 그나마 리모델링했다는 거를 깨달았다. 낡은 나무 문은 갈라지고 바닥은 군데군데 타일이 깨지고 떼어져 있었다. 귀신은 이런 곳에서 나온다고 말해 주는 거 같았다.

"여기 진짜 끝내준다. 그런데 왜?"

황소윤이 화장실을 둘러보며 물었다.

"……."

"빨리 말해. 여기 으스스해. 사건이 터지기 딱 좋은 장소야."

황소윤이 재촉했다. 사건이 터지기 좋은 장소. 지난번 그 건물에 대해 말할 때도 황소윤은 저렇게 말했다.

"어젯밤에……."

말을 꺼내는데 아랫배가 찌릿할 정도로 긴장이 되었다. 확실히 확인해야 했다. 소리의 주인공이 황소윤이 아닐 거라는 짐작을 하면서도 그 긴장감은 부푼 고무풍선처럼 팽팽해졌다. 황소윤이라고 해도 걱정이고, 황소윤이 아니라고 해도 걱정이다.

"어젯밤?"

"응, 어젯밤. 어젯밤에 어디 갔다 온 거야?"

"궁금해?"

황소윤이 피식 웃었다.

"말해 줄까? 바로 네가 있던 곳."

쿵! 둔탁한 뭔가로 머리를 한 대 얻어맞는 느낌이었다.

"어젯밤 네가 있던 곳에 갔었어. 더 자세히 말해 줘?"

쿵쿵쿵! 가슴이 터질 거 같았다.

"그래, 자세히 말해 줘. 나는 어젯밤에 네가 왜 내가 있던 곳에 왔었는지 궁금해. 왜 나를 미행한 거지?"

씩씩한 척 말했지만 두려웠다. 우리와 함께 있는 남자애들, 그리고 급식 도우미가 로봇이라는 말을 들었을까? 그러면 문제가 복잡해진다. 이 학교는 바로 문을 닫을 수도 있고, 그러면 후기고 뭐고 다 날아간다. 긍정적인 후기가 없으면 모두가 폐기 처분이다.

"미행? 푸흐흐흐, 미행이라고 하면 미행일 수도 있지. 나는 누군가 나가는 소리를 들었어. 그래서 따라 나갔던 거야. 그 아이가 너라는 건 알고 있었어. 그런데 내가 복도로 나갔을 때 너는 이미 보이지 않았어. 화장실에 갔나 하고 기다렸지. 그렇게 비가 내리는데 설마 그 건물에 갔을 거라고는 생각하지 못했거든. 아무리 기다려도 나오지 않길래 화장실이 아니라 그곳에 갔을 거라는 생각을 했어. 그래서 가 봤던 거야."

나와 황소윤이 각각 그 건물에 도착한 시간차가 얼마나 될까? 황소윤은 나와 상형이 무슨 말을 할 때부터 들었던 것일까? 어제 상형과의 대화를 곱씹어 봤다. 계속 로봇에 대해 말한 거 같기도 하고 뒷부분에는 안 한 거 같기도 했다. 하지만 확실한 기억은 나지 않았다.

"그럼 내가 누굴 만났는지 알겠네?"

"당연히 알지."

꿀꺽! 침이 넘어갔다.

"나랑 상형이 하는 말 들었어?"

나는 단도직입적으로 물었다.

"어떤 말을 들었을까 봐 걱정인데?"

"……."

나는 얼른 대답하지 못했다.

"불안하니?"

황소윤이 다시 물었다.

"불안할 거야. 둘이 도란도란 엄청 다정하더라. 너희 연애하는 거지? 연애 금지가 이 학교에서 가장 강력한 규칙인데, 교장이 알면 가만있지 않을걸? 근데 나는 다른 사람의 연애에는 별 관심 없어. 너랑 상형이 사귀거나 말거나 그런 거에는 관심 없다고. 나는 너네 사귀는 거 아무한테도 안 말할 거야. 그러니까 걱정 붙들어 매."

이 말은 나와 상형이 했던 말을 제대로 듣지 못했다는 증거다.

"상형이랑 내가 사귄다고 생각해?"

"사귀니까 그 으슥한 밤에 그러고 있는 거지, 왜 그러고 있겠어?"

터질 듯 부풀어 오르던 긴장감이 한순간 쪼그라들며 다리에 힘이 풀렸다.

"나는 그런 장소에서 일어나는 사건이 무서울 뿐이야. 근데 그런 게 아니라 다행이야. 네가 볼 때 상형은 사이코패스가 아닌 거 같지? 우형도 이제 이상한 말은 하지 않더라."

"그, 그, 그럼. 무슨 사이코패스? 그런 거 아니야."

"다행이다."

황소윤이 돌아섰다.

"잠깐."

나는 황소윤 팔을 잡았다.

"어떤 사건이 일어날까 봐 두려워하는지 물어봐도 돼?"

분명 무슨 사연이 있다.

"궁금해?"

나는 대답 대신 고개를 끄덕였다.

"강타수 선생님이 그랬지? 내 몸속에는 거미줄처럼 복잡하게 얽힌 안테나가 있다고. 그건 맞는 말일 수도 있고, 맞지 않는 말일 수도 있어. 거미줄 같은 거는 맞아. 생각에 생각이 꼬리를 물 때면 거미줄처럼 생각이 한없이 뻗어 나가거든. 걱정과 불안의 줄. 근데 복잡하다는 말은 틀렸어. 꼬리에 꼬리를 물고 줄을 쳐도 생각은 딱 한 가지거든."

나는 황소윤 말을 들으며 창문 옆에 쳐진 거미줄을 바라봤다. 거미줄처럼 황소윤이 꼬리에 꼬리를 물고 생각하는 게 뭔지 말도 못하게 궁금해졌다.

"무슨 생각인데?"

조심스럽게 물었다. 황소윤은 가만히 나를 응시했다. 그러고는 잠깐 동안 생각에 잠기더니, 결심을 하는 듯 아랫입술을 살포시 깨물었다.

"어차피 나는 너의 비밀을 알고 있어. 학교 규칙을 어기고 상형이랑 사귀는 거 말이야. 그러니 내 비밀도 말해 줄게. 그래야 너도 마음 편할 거 아니니? 나는 왕따였어. 내가 애들한테 괴롭힘을 당할 때 끌려갔던 곳은 항상 이렇게 으슥한 빈 건물이나 빈집이었어. 이 상처……."

황소윤이 앞머리를 걷어 올렸다. 상처가 훤히 드러났다.

"우리 동네에서 가까운 곳에 재개발 지역이 있어. 빈집이 많았지. 그곳으로 끌려가 맞았을 때 난 상처야. 지금은 전학해서 그 애들의 손아귀에서도 벗어났어. 하지만 그 애들이 다시 나를 찾아오지 않을까 불안해. 경찰은 그런 일은 없을 거라고 걱정하지 말래. 심리 치료 받으면서 마음도 많이 안정됐어. 그런데 참 이상하게도 빈집이나 빈 건물을 보면 나도 모르게 가슴이 막 뛰고 예민해져. 저 안에서 내가 겪었던 일이 일어나고 있는 거는 아닌지, 그럼 내가 도와주어야 하는데…… 하는 생각이 들고. 나는 말이야……. 그 건물을 처음 봤을 때 재개발 지역의 빈집을 떠올렸어. 그리고 그 안에서 일어나는 일들을 상상했어. 그런데 다행이다. 그런 일이 아니라서."

황소윤은 걷어 올렸던 앞머리를 내렸다. 황소윤 이마를 스치고 지나가는 검은 그늘을 보며 나는 황소윤의 마음을 보는 거 같았다.

"왜……."

걔들이 왜 너를 왕따 시켰냐고 물어보려다 얼른 말끝을 흐렸다. 그 기억은 황소윤에게 다시는 떠올리고 싶지 않은 것일 수도 있다.

"왜 왕따를 당했는지 궁금하구나?"

황소윤이 내 마음을 알아차렸다.

"나랑 친했던 애가 있었어. 걔랑 학교 갈 때도, 집에 갈 때도 맨날 같이 다녔어. 그런데 어느 날 학교 마치고 내가 그 친구를 안 기다리고 간 일이 있었어. 우리 반에 새로 전학 온 애가 있었는데, 바로 우리 아파트에 살았거든. 전학 온 첫날 긴장해서인지 학교를 마치자마자 배가 아프다고 자기 좀 집에 데려다 달라고 하는 거야. 나는 청소 당번이던 그 친구한테 문자를 보내고 전학 온 애를 데리고 집으로 갔어. 그게 발단이었어. 나중에 전학 온 걔도 내 친구와 친해져서 나를 왕따 시키는 데 앞장섰지."

황소윤 얼굴에 짙은 그늘이 스치고 지나갔다.

"가자."

오늘따라 황소윤 어깨가 좁고 여위어 보였다.

"하나만 더 물어봐도 돼?"

나는 돌아서는 황소윤을 다시 잡았다.

"연애 박사가 되면 그 예민함에서 벗어날 거 같아 여기에 온 거야? 남자 친구를 사귀면 그럴 거 같아서?"

어쩐지 황소윤과 연애 박사라는 말은 어울리지 않았다.

"아니."

황소윤이 잘라 말했다.

"연애하는 걸 배우겠다는 생각으로 온 거 아니야. 연애를 가르친다? 그거 되게 발칙하지 않니? 그 발칙한 생각이 재미있어서, 어쩌면 나를 옭아맨 생각에서 벗어날 수도 있겠다 싶어서 온 거야."

황소윤은 화장실에서 나갔다. 그 생각에서 벗어나고 싶어서 이곳에 왔는데도 여전히 그 생각 속에 있는 거구나.

"아참."

황소윤이 돌아봤다.

"너는 수업도 다 듣기 전에 벌써 박사가 다 됐더라. 어떻게 그 건물에서 남자를 만나니? 그것도 비가 그렇게 쏟아지는 밤에 말이야. 나는 연애에는 별로 관심 없지만 그 기분이 어떨지는 되게 궁금하다."

황소윤 말에 얼굴이 화끈 달아올랐다.

재생 불능이면 폐기 처분

상형은 없었다. 상형이 앉아 있던 자리에는 창문을 통해 들어온 오후 햇살이 오도카니 앉아 있을 뿐이었다. 텅 빈 자리를 보자 알지 못할 불안감이 엄습했다. 상형에게 무슨 일이 생긴 거는 아닐까? 하나하나 해체된 쇳조각들이 머리를 스치고 지나갔다. 나는 서둘러 고개를 흔들어 끔찍한 생각을 떨쳐 냈다.

'아닐 거야.'

제발 이 불안한 느낌이 잘못된 것이기를 바랐다.

오늘은 터지는 소리 같은 거는 없었지만, 오전 수업 중에 교장과 강타수 선생은 또 밖으로 뛰어나갔다. 교장과 강타수 선생이 뛰어나갈 때 민감하고 예민한 더듬이가 반응했다. 그 더듬이는 상형에게로 향했다. 갑자기 상형이 떠올랐던 거다. 밥을 먹기 전에 와 보고 싶었지만 교장 눈이 있어 그러질 못했다. 점심을 먹고 나서야 겨우 이 건물에 와 볼 수 있었다.

'어디로 간 거지?'

나는 상형을 찾아 나섰다. 이 학교에 온 지 며칠이 지났지만 이렇게 구석구석 돌아다닌 것은 처음이었다.

그 건물 뒤쪽에는 제법 큰 뜰이 있었는데 온갖 잡초가 무성했다. 뜰 뒤에 벽돌이 군데군데 무너져 내린 것으로 보아 원래는 담이었던 거 같다.

학교 내부도 돌아봤다. 교실도 생각보다 많았고 교무실도 컸다. 시골이라도 학생은 되게 많았나 보다. 하긴 외할머니가 친구와 전화 통화를 할 때 얻은 정보로는 외할머니가 어렸을 적에는 한 반에 학생이 50명 정도 있었다고 했다. 한 반에 50명. 무시무시한 숫자다. 50명이 한꺼번에 떠들면 둑이 터지듯 정신없었을 텐데 선생님들은 어떻게 그걸 막아 냈을까? 옛날 애들은 얌전했을까? 애들도 세월이 흐르면서 점점 별나게 진화하는 걸까?

사람들 눈을 피해 학교를 다 돌아봐도 상형은 없었다. 마지막으로 남자애들 방으로 갔다.

– 드르륵

조심스럽게 뒷문을 살짝 열었다.

'헉.'

나는 튀어나오는 비명을 주먹으로 틀어막고 까치발로 재빨리 그곳을 벗어났다. 남자애들 방에서 목격한 모습은 충격이었다. 교장과 강타수 선생은 우형의 등에 전기선을 꽂고 있었다. 그 옆에는 이미 전기선을 꽂은 좌형과 하형이 서 있었다. 내가 처음에 그렇게도 궁금해했던 남자애들이 먹는 음식, 그것은 전기였다.

'놀랄 일 아니야. 로봇이니까 당연한 거지.'

나는 놀란 가슴을 진정시키려고 스스로를 다독였다. 하지만 놀란 가슴은 쉽게 진정되지 않았다. 상형도 등 뒤에 전기선을 꽂고 충전한 다음, 그 힘으로 움직이는 거다. 상형도 로봇이니까 놀랄 일이 아니다. 알긴 알겠는데, 인정할 거는 인정해야 하는데 도저히 믿을 수가 없었다. 나는 벽에 등을 기대고 숨을 몰아쉬며 뛰는 가슴을 진정시켰다.

'그나저나 상형은 어디 간 거지?'

남자 숙소에도 상형은 없었다. 나는 다시 상형을 찾아 나섰다.

그때 머릿속이 번개를 맞은 듯 번쩍했다. 3층 여자 숙소와 반대편 복도 끝, 그곳이 떠올랐다. 지난번 교장에게 야단맞은 누군가가 사라졌던 그곳이다. 나는 3층으로 뛰어 올라갔다.

방에서 서연지가 떠드는 소리가 들렸다. 김민이 한 번씩 맞장구쳤다.

복도를 따라 걸었다. 네 개의 교실을 지나 마지막 다섯 번째 교실 앞에 섰다. 복도를 향하는 교실 창문에는 모두 검은색 커튼이 드리워져 있었다. 이렇게 조금의 틈도 보이지 않게 커튼을 쳤다는 것은 감추고 싶은 비밀이 많다는 뜻이다.

교실 뒷문에 귀를 댔다. 아무 소리도 들리지 않았다. 손에 힘을 주고 어깨를 움츠리며 문을 밀었다. 문은 매끄럽게 열렸다. 나는 천천히 교실을 둘러봤다.

창가로 컴퓨터 세 대가 나란히 놓여 있고 그 옆으로 두꺼운 전선이 길게 늘어져 있었다. 교실 중간에는 침대라고 말하기도, 그렇다고 의자라고 말하기에도 애매한 가구가 두 개 놓여 있었다.

'아!'

뭐라고 불러야 할지 애매한 가구에는 누군가 몸을 깊숙이 묻고 비스듬히 앉아 있었다. 뒤통수와 옆얼굴이 약간 보일 뿐이었지만 나는 그게 상형이라는 것을 단박에 알아볼 수 있었다.

교실 안으로 들어가 문을 닫았다. 그리고 상형에게 한 발 한 발 다가갔다.

"상형."

나는 상형 앞에 서서 상형을 바라보며 이름을 불렀다. 상형은 눈을 뜨고 있었지만, 그렇다고 해서 뭐를 보고 있는 거 같지는 않았다.

"상형."

나는 상형의 어깨를 흔들었다. 딱딱하고 차가운 상형의 몸이 좌우로 흔들렸다. 문득 콧날이 시큰해졌다. 알 수 없는 슬픔이 콧날을, 눈가를, 뛰고 있는 심장을 자극했다. 눈물이 왈칵 쏟아졌다. 손끝에 느껴진 차가운 쇳덩어리의 느낌. 이 느낌을 떨쳐 내려고 고개를 흔들었다.

그때였다. 상형이 고개를 들고 나를 바라봤다. 로봇의 눈처럼 아무 감정도 느껴지지 않았던 상형의 눈이 서서히 변했다.

"나 알아보겠어?"

"연보라."

상형이 나를 알아봤다.

"왜 여기에 있는 거야?"

얼마나 찾아다녔는데, 네가 보이지 않아 얼마나 걱정했는데, 이 말을 하고 싶은데 목에 말이 가시처럼 걸려 얼른 나오지 않았다.

"이곳은 교장 선생님과 강타수 선생님의 연구실이야."

"그래?"

나는 교실을 둘러봤다.

교장은 철두철미한 사람이었다. 세계에서 내로라하는 과학자니 그럴 수밖에. 여자 숙소 옆에 연구실을 두었다는 것은 가까운 곳에서 여학생들을 감시하려는 목적도 있었을 거다. 그 생각이 드는 순간 머리카락이 바짝 곤두섰다. 조심해야겠다. 내가 교장의 비밀을 알고 있다는 걸 들키게 되면 교장은 어떻게 할까? 누구나 지키고 싶은 비밀은 있다. 로봇 단순화 작업을 매일 실패하는 거, 교장에게는 그게 지키고 싶은 비밀일 수 있다. 비밀을 들켰을 때 사람들은 당황해한다. 당황해할 때 사람은 이성을 잃을 가능성이 크다. 이성을 잃은 사람은 자신의 의도와는 상관없는 일을 할 수도 있다. 생각에 생각이 꼬리를 물었다. 교장이 이성을 잃으면…… 나는 위험해질 수도 있다.

"혹시 오전에 너한테 무슨 문제가 생겼던 거니? 교장이랑 강타수 선생님이 급하게 나갔는데 급식 도우미는 멀쩡했거든. 다른 남자애들 셋도 시청각실에 같이 있었고."

"새벽에 감정 차단 작업을 다시 했어. 그런데 거기에 문제가 생기고 말았지."

"그럼 지금은 차단시킨 게 도로 풀린 거네?"

"응. 도로 돌아왔어."

나는 참 다행이라는 생각과 그런 생각을 하는 내 자신이 이기적이라는 생각이 동시에 들었다. 감정이 차단된 로봇이 아니라 나와 자연스럽게 말을 주고받는 상형이 좋다. 하지만 차단시키는 작업이 끝내 수포로 돌아갈 때 상형은 끔찍한 일을 당하게 된다. 그건 안 된다. 어떤 게 진짜 내 마음인지 알 수가 없었다.

"그런데 왜 이렇게 힘이 없어?"

그 건물에 있을 때만 해도 조금씩 움직였는데 지금은 고개만 살짝 움직일 뿐 다른 움직임은 없었다.

"충전을 해야 해. 에너지가 다 떨어졌거든. 곧 교장 선생님이 올라올 거야. 지금은 하형, 우형, 좌형을 충전하고 있을 테니까."

상형의 말이 끝나기 무섭게 복도에서 발자국 소리가 들렸다.

"어떻게 하지?"

지금 이 교실에서 나가면 정면으로 맞닥뜨리게 된다.

"저기."

상형이 눈으로 컴퓨터가 놓인 탁자 아래를 가리켰다. 문이 있었다. 나는 재빨리 그 문을 열고 안으로 몸을 숨겼다. 안에는 전선들이 복잡하게 널브러져 있었지만 앉아 있기에 공간은 충분했다.

"큰일입니다."

강타수 선생이었다.

"좀 전에 협회에서 연락이 왔는데 중간 점검을 하러 오겠답니다."

"뭐라고? 그게 무슨 말인가?"

교장이 놀랐다.

"로봇의 기능을 원래 가졌던 기능 하나만으로 제대로 축소했는지 확인하러 온답니다. 우리가 다른 핑계를 만들어 다시 기회를 얻을까 봐 그러는 거 같습니다. 뿌리를 완벽하게 뽑아 버리겠다는 의지로도 보이고요."

"나를 완전히 매장하겠다는 말이군."

"선생님이 너무 뛰어난 탓입니다. 어떻게 하지요?"

"그런데 결과를 보고 결정한다고 하지 않았나? 이곳에 온 아이들이 효과를 보면 된다고 하지 않았느냐고? 그렇게 말해 보지 그랬나?"

"협회 안에서도 의견이 엇갈린답니다. 아무래도 걸고넘어지는 사람들이 있는 거 같습니다. 선생님이 워낙 잘나가셨으니 사방에 적이지요."

"큰일이군. 상형의 모습을 보면 그냥 넘어가지 않을 텐데."

"재생 불능이라고 바로 폐기 처분하라고 할 겁니다."

"으으음……."

교장의 신음 소리가 들렸다.

당장 폐기 처분이라는 말에 나는 손가락 하나도 까딱할 수가 없었다.

"대체 그 나사가 어디 있는 거야? 상형에게 딱 맞게 연구 제작한 건데 그게 어디 간 거냐고! 그걸로 꽉 조여 차단했을 때는 문제가 없었어. 완벽하게 차단되었었다고. 다시 만들기에는 시간이 부족해.

아, 이를 어쩌면 좋지."

교장이 울부짖었다.

"미미가 말썽을 부려 상형이 아이들을 데리고 운동장으로 나갔던 날과 계곡에 갔던 날, 그날들이 의심이 되어 운동장도 샅샅이 뒤져 보고 계곡에도 다녀왔지만 찾을 수 없었습니다."

"으아악."

교장은 다시 울부짖었다.

"나가지."

한참 후 교장은 진정한 듯했다. 목소리가 평온해졌다. 곧 덜커덩덜커덩 쇳소리가 들렸다. 잠시 후 문을 여닫는 소리와 함께 복도를 걸어가는 소리도 들렸다. 교실은 조용해졌다. 나는 밖으로 나왔다. 상형은 엎어진 채로 등에 선을 꽂고 있었다.

"상형."

대답이 없었다.

"상형."

다시 불렀지만 마찬가지였다. 충전을 시킬 때는 전원 스위치를 끄는 모양이었다. 나는 충전하고 있는 상형의 뒷모습을 멍하니 바라보다 상형의 머리카락을 쓰다듬었다. 부드럽고 매끄러웠다. 상형의 손을 잡았다. 차가웠지만 이상하게도 기계라는 생각은 들지 않았다. 나에게 상형의 손은 그냥 상형의 손이었다.

숙소로 돌아왔을 때 서연지는 마스카라를 바르고 있었다. 김민은 걱정이 가득한 눈으로 서연지가 하는 짓을 보고 있었고, 황소윤은 이불을 뒤집어쓰고 혼잣말로 "저걸 화장이라고." 이러면서 중얼거리고 있었다.

"그러다 눈썹이 다 빠져 버리면 어떻게 해? 너 세수할 때 봤는데 마스카라가 떡칠된 눈썹을 막 쥐어뜯더라? 아, 눈썹 없는 눈이라니, 무서워."

김민은 움츠린 어깨를 부르르 떨었다.

"너는 모르면 가만있어."

서연지가 마스카라를 칠한 눈썹 위에 마스카라를 다시 한 번 듬뿍 바르며 말했다.

"뭘 몰라?"

"사람 눈썹은 그렇게 쉽게 빠지지 않아. 너 머리 쥐어뜯고 싸워 본 적 없니? 뭐, 하긴 너처럼 공부 잘하고 착해 빠진 애가 머리 쥐어뜯고 싸울 일은 없었겠지만. 나는 내 동생하고 심심하면 머리 쥐어뜯고 싸우거든. 할머니가 예뻐한다고 얼마나 빼기고 잘난 척인지 눈꼴시려 볼 수가 없잖아. 그런데 아무리 머리를 쥐어뜯고 싸워도 머리카락은 항상 남아 있어. 빠져도 표도 안 나. 그리고 아무리 많이 빠져도 다시 나거든. 눈썹도 마찬가지야. 쉽게 빠지지도 않지만 빠져도 다시 자라. 사람 머리카락이나 눈썹이 자라기를 멈추는 일은 죽었을 때야 가능한 거야. 몸의 피가 돌고 숨을 쉬고 있는 한, 자란다는 말이야. 그러니까 걱정 붙들어 매셔."

"그래도 너무 많이 바르지 마."

"왜?"

"내가 볼 때 너는 마스카라 안 한 눈이 더 예쁘거든."

"나는 그냥 예쁜 거를 원하는 게 아니야. 완벽하게 예쁜 거를 원하는 거지. 그래야 남자애들이 나를 차지 않아."

서연지 말에 김민은 입을 다물었다. 말해 봤자 소용없다는 걸 아는 거다. 온갖 정성을 다해 마스카라를 바른 눈은 다른 쪽 눈에 비해 두 배는 컸다. 한쪽 눈 마스카라 칠하기를 끝낸 서연지는 지쳐서 침대 위에 쓰러졌다.

"보라 너는 밥 먹고 어디 갔다 온 거야?"

침대 위에 벌러덩 누웠던 서연지가 몸을 일으키며 물었다. 아, 정말 저 눈 봐주기 힘들다. 힘내서 한쪽도 마저 칠하든가.

"응?"

"왜 그렇게 놀라? 어디에 갔다 왔느냐고. 놀라니까 더 궁금하네."

"노, 놀라기는 누가 놀라? 똥 누고 왔어."

나는 서연지 눈을 피했다.

"내가 화장실 갔었는데 너 없던데?"

얘가 확실히 집요하다.

"1층 화장실에 갔었어."

1층 화장실이라고 말하는 순간 황소윤이 이불을 확 걷어 제치고 바라봤다. 그러더니 도로 이불을 덮었다.

"왜 1층 화장실을 가?"

"급해서."

나는 귀찮다는 표를 내며 창가로 돌아섰다.

"급하면 가까운 화장실에 가야지 왜 1층까지 내려가?"

"급식실에서 나오면서 바로 갔던 거야. 똥 싸게 생겨서."

아, 진짜 짜증 나는 아이다.

마지막 사진

충전을 끝낸 상형은 도로 그 건물로 옮겨졌다. 늦은 밤, 나는 살며시 일어났다.

"화장실 가?"

잠든 줄 알았던 서연지가 물었다.

"응? 으응."

"너는 꼭 밤마다 화장실에 가더라. 그런데 화장실에 가더라도 그 머리는 좀 묶고 다녀라. 한밤중에 긴 머리를 풀어 헤치고 다니는 거 보면 꼭 몽유병 환자 같아. 네 정신이 똑바르다는 증거로 머리 묶고 다녀, 알았지?"

아이고, 너나 잘하세요. 한밤중 창문으로 스며드는 달빛이 서연지 이불을 비추면 가슴이 섬뜩해질 때가 많다. 흰 이불에 군데군데 찍힌 빨간 립스틱 자국.

"응."

그 말을 하고 싶은 걸 꾹 참고 대답했다. 고무줄로 머리를 묶으며 서연지가 잠들길 기다렸다. 그렇지 않으면 왜 화장실에 갔다가 이렇게 늦게 오느냐, 뭐 하고 오느냐, 참견할 게 뻔했다. 고맙게도 서연지는 금세 코를 골았다. 살금살금 발자국 소리를 낮춰 문 앞으로 향할 때였다.

"또 만나러 가냐?"

이번에는 황소윤이었다.

"응?"

"또 만나러 가느냐고?"

"응."

"무서우면 같이 가 줘?"

갑자기 웬 친절?

"아니."

"언제든 내 도움이 필요하면 말해."

"응."

그런 일은 없을 거 같다. 그런데 황소윤은 왜 저렇게 친한 척이람. 그냥 모르는 척 가만있는 게 도와주는 거다. 반대편 교장의 연구실을 노려보며 1층으로 내려와 그 건물로 향했다.

상형은 그 자리에 앉아 있었다.

"시간이 없는 거 같아. 내일 아침에 다시 시도한대."

"교장이 하는 말을 들으니 그 나사인가 뭔가 너한테 딱 맞는 게 있어야 완벽하다면서? 자꾸 다른 시도를 하다 터지고 그러면 너한테 안 좋은 거 아니야?"

"엊그제 실패한 거 때문인지 머리를 움직일 때마다 왼쪽 귀에서 덜그럭덜그럭 소리가 들려."

나는 상형을 바라봤다. 도망치라고 할까? 교장과 강타수 선생에게서 벗어나 멀리 도망치면 상형은 사람으로 살아갈 수도 있다. 누구라도 상형을 사람이 아니라고 의심하는 일은 없을 거다. 충전할 때 잊지 않고 충전만 해 주면 문제없다.

"상형, 도망치는 거는 어때?"

나는 진심으로 물었다. 상형이 그러겠다고 대답하면 도와주고 싶었다. 뭘 어떻게 도와주어야 하는 건지 알 수 없지만 내가 할 수 있는 일은 다 하고 싶었다. 아, 맞아. 우리 집에도 빈방이 하나 있다. 그곳에서 지내도 상관없다.

"도망?"

상형이 눈을 끔벅거렸다.

"응. 도망."

"그게 뭔데? 입력되지 않은 단어야."

도망이 뭔지도 모르는데 어떻게 도망쳐서 어떤 식으로 살아갈 건지 의논할 수는 없었다. 교장은 역시 철두철미한 사람이었다. 거의 100프로 사람에 가까운 로봇을 만들면서도 혹시나 일어날 수 있는 일에 미리 대비해 놓은 거다.

"도망이 뭔데?"

상형이 물었다.

"그게 뭐냐면…… 네가 교장이랑 강타수 선생님이 보이지 않는 곳으로 가는 거야."

"왜?"

상형이 물었다.

"왜냐하면 그러면 너는 감정을 차단하지 않아도 되고, 폐기 처분도 안 당해도 돼. 사람처럼 살아도 되는 거야. 너 정도면, 사람과 친구가 되고 학교에 다녀도 문제가 되지 않아."

어쩌면 결혼도 가능할 수 있다는 말까지 나오려고 했지만, 나는 그 말을 꿀꺽 삼켰다. 로봇이 결혼하는 게 과연 가능할까? 아무튼 결혼까지는 아니어도 연애하는 거는 가능할 거 같다.

"나는 교장 선생님을 떠나서는 안 돼. 충전도 해야 하고 문제가 생기면 바로바로 손을 봐야 하거든. 로봇은 사람과 달라서 아주 작은 문제에도 고장이 나기도 해. 아참."

상형이 내 눈을 빤히 바라봤다.

"이제 사진 필요하지 않아? 너 사진 필요했잖아."

"아니, 필요 없어."

"왜?"

왜냐하면 이미 내 머릿속에는 태근이가 없으니까. 단 며칠 사이에 안개가 걷히듯 태근이는 내 머리에서 사라졌다. 대신 상형이 그 자리를 가득 메우고 있다.

"그냥."

나는 그냥이라고 말했다. 그냥! 쓰다 보니 진짜 괜찮은 말이다.

"사진 찍을 수 있어. 캄캄해도 잘 나오거든."

어둠 속에서 부스럭거리는 소리가 들렸다. 상형이 내 코앞으로 그 기계를 들이밀었다.

"찍을까?"

상형이 물었다.

"찍고 싶어?"

"한 번 머릿속에 입력된 거는 다시 해 보고 싶기도 하거든. 하지만 네가 원하지 않으면 안 해도 괜찮아."

로봇이 이해심도 깊다.

"아니야, 찍자."

나는 상형 옆으로 바짝 다가앉았다. 어쩌면 상형과 찍는 마지막 사진일 수도 있다. 찰칵! 뜨르륵! 상형은 사진 한 장을 내 손에 쥐어 주었다.

"네 휴대폰으로도 전송할까?"

"아니, 사진 출력했으니까 됐어. 이제 태근이한테 보낼 생각 없거든."

"왜?"

또 그냥이라고 말하려니까 좀 그랬다.

"이제 태근이 생각이 안 나거든."

나는 태근이 대신 상형 네 생각이 가득하다는 말은 하지 않았다. 나는 상형을 좋아하는 걸까? 아니면 내게 친절했던 상형이 딱해서 동정하는 걸까? 어떤 쪽인지 알 수는 없지만 상형에게 자꾸 관심이

가는 거는 확실하다. 아무튼 두 가지 다 특이한 상황이긴 하다. 로봇을 좋아한다는 것, 로봇을 딱하게 여긴다는 것.

"왜?"

상형이 또 물었다. 애가 좀 이상해진 거 같다. 오늘따라 자꾸 '왜'라는 질문을 하지? 차단시키다 실패해서 덜그덕덜그덕 소리가 난다더니, 소리 나는 거 말고 다른 쪽으로도 이상이 생긴 게 분명하다.

"태근이, 걔 되게 재수 없거든."

"재수 없다고? 운이 안 좋다? 이런 말이지?"

로봇에게 입력하는 단어는 원리 원칙대로구나.

"그 말도 맞는 말인데 밥맛없다는 것도 재수 없다고 해. 아니지, 밥맛없다는 말로 뜻을 전달하지 못하겠네. 내가 말한 재수 없다는 말은 태근이가 내 마음에 들지 않는다는 거야."

"왜?"

그냥이라는 말이 나오려고 했다. 나는 그 말을 삼켰다.

"태근이를 좋아하는 줄 알았는데 그게 아니었나 봐."

"왜?"

얘 진짜 어디가 고장 난 거 맞다.

"걔는 상대편을 배려하는 마음이 전혀 없어. 거짓말을 입에 달고 살아. 입만 열면 거짓말이거든."

그걸 알고도 나는 태근이와 헤어지지 못했다.

"거짓말? 왜?"

질문과 대답이 끝없이 이어질 거 같았다. 이쯤 되면 화를 내야 연보라다. 하지만 화가 나지 않았다. 상형이 로봇이라서가 아니다. 상형은 나를 위해 규칙을 어겨 가며 사진을 찍어 주었다. 그런 상형에게 화를 낼 수 없어서다.

"그건 확실히 모르겠어. 아마 여자 친구가 많으면 많을수록 더 좋다는 생각을 했을 수도 있고. 그걸 자랑으로 여기는 남자애들도 꽤 있거든. 태근이도 그런 부류였나 봐. 가까이 있을 때는 몰랐는데 한 발자국 떨어져 있으니까 보여. 근데 그거 되게 나쁜 짓이야. 상대편은 엄청나게 기분 나쁘거든. 서연지 말처럼 변기통에 얼굴 집어넣는 거처럼 더러운 기분이 들기도 해."

"아, 또 소리가 나."

상형이 머리를 흔들었다. 이번엔 뜨륵뜨륵, 쇠를 가는 소리가 났다.

"변기에 얼굴 집어넣지 마. 더러우니까."

머리를 몇 번 흔든 다음 상형이 말했다. 내 말뜻과 어긋나는 순간이다. 하지만 나는 고개를 끄덕였다. 지금 조금 어긋나는 거는 크게 문제가 되지 않았다.

상형은 '왜'라는 질문을 멈췄다. 고개를 흔들면서 어긋났던 부분이 맞춰진 거 같았다. 약간 튀어나왔던 퍼즐이 제자리에 정확하게 들어가듯 말이다.

상형은 태근이에 대해 더 궁금해했다. 나는 그런 상형을 보면서 로봇이 지닌 감정이 어느 정도인지 궁금했다. 사람의 감정을 페트병 하나로 볼 때 상형은 사람이 느끼는 감정의 몇 프로나 될까? 페트병 3분의 2? 아니면 4분의 3?

나는 상형 앞에서 태근이와 사귀었던 6개월간의 이야기를 털어놨다. 말을 하다 보니 나도 모르게 마음속에 쌓아 두었던 태근이에 대한 이야기가 끝없이 나왔다. '내가 태근이를 참 미워하는구나. 그동안 좋아하는 줄 알았는데 좋아하는 거보다 미움이 훨씬 더 많았구나.' 생각했다.

상형은 말없이 내 말을 들었다. 내 말 속에 상형에게는 입력되지 않은 단어도 수없이 있었을 거다. 상형이 알고 있는 말뜻과 어긋나는 부분도 많았을 거다. 그런데 상형은 내가 말하는 동안 단 한 번도 내 말을 끊지 않았다. 누구에게도 말하지 못하고 마음속에 쌓아 두었던 그 말을 풀어놓는데, 문득 눈물이 나왔다. 나는 훌쩍훌쩍 울기까지 했다.

"울지 마."

상형이 어깨에 손을 올리고 토닥토닥해 주었다. 순간 상형의 마음속이 궁금했다. 로봇도 스스로 다독이고 스스로 판단하는 마음이 있을까? 아니면 교장이 입력해 놓은 감정만이 있는 걸까? 어찌 되었든 상형은 내 말을 진지하게 들었고 나는 울면서 하고 싶은 말을 다 했더니 속이 시원했다.

"고마워."

다 털어 내고 나서 말했다.

"뭐가?"

"내 말을 다 들어 줘서. 처음이야."

"뭐가?"

이건 또 뭐람. '왜'가 '뭐가'로 바뀌었다.

"누가 내 말을 다 들어 주는 거, 누군가에게 내가 하고 싶은 말을 다 하는 거. 둘 다 처음이라고."

"사람의 말을 들어 주는 것도 내가 가지고 있는 기능 중에 하나야."

김이 팍 새는 말이었다. 하지만 여전히 고마웠다.

어떤 길인지 가 봐야 알지

아침밥을 제일 늦게 먹고 방으로 돌아왔을 때 눈앞에 펼쳐진 기막힌 풍경에 기절할 정도로 놀랐다. 서연지와 황소윤이 머리를 쥐어뜯으며 싸우고 있었다. 싸움에 아주 목숨까지 걸었는지 둘 다 신음 소리를 내면서도 머리카락을 움켜잡은 손을 놓지 않았다.

"어떡해, 어떡해."

김민이 말려 보겠다고 둘 사이로 끼어들었는데 그때 서연지의 튼실한 다리가 김민의 배를 가격했다. 김민은 벽에 맞고 튕겨져 나가는 공처럼 저만큼 날아가 뚝 떨어졌다. 김민의 노란 머리카락이 개나리 숲처럼 일렁였다. 쓰고 보니 엄청나게 아름다운 비유인데, 아무튼 김민의 몸이 허공을 날아가며 머리카락이 얼굴까지 가려 내 눈에는 그렇게 보였다. 김민은 엉덩방아를 찧고 난 후 쉽게 일어나지 못했다. 고래 싸움에 새우 등 터진다고, 딱 그 꼴이었다.

"연보라, 말려 봐. 너 때문에 싸우는 거야."

김민이 배를 움켜잡고 말했다. 이건 또 무슨 소리. 나는 서연지와 황소윤에게 아무 짓도 하지 않았다. 저렇게 무식하게 쥐어뜯고 싸우는 게 나 때문이라니 뭐 그런 억울한 말을.

서연지와 황소윤이 씩씩거리며 움직일 때마다 방바닥에 머리카락이 우수수 쏟아졌다. 둘 중에 하나는 대머리가 되어 더 이상 잡을 머리가 없어지고 나서야 싸움이 끝날 거 같았다. 빨리 좀 말려 보라고 김민이 소리쳤다. 서연지 머리카락을 움켜잡은 황소윤 손을 떼어내려고 하는데 힘이 장난이 아니었다. 서연지 힘도 황소윤에게 지지 않았다. 둘 다 머리카락 움켜잡은 손을 절대 놓지 않을 거 같았다. 최후의 수단이다. 나는 둘의 손등을 있는 힘껏 꼬집었다.

"아악!"

약속이나 한 거처럼 둘 다 비명을 지르며 서로의 머리카락을 놓았다.

"아이씨, 손톱 부러졌네."

서연지가 손톱 끝에 매달려 달랑거리는 파란색 손톱 조각을 매만지며 울상이 되었다. 맙소사! 서연지 얼굴을 보는 순간 나도 모르게 비명을 지를 뻔했다. 마스카라가 번진 얼굴은 귀신 분장을 한 것처럼 해괴망측했다. 까만 눈물을 흘린 듯 한쪽 뺨이 온통 검은색으로 얼룩져 있었고 눈 주변은 판다 같았다.

"어유, 어유."

황소윤이 서연지 얼굴을 힐끔거리며 고개를 절레절레 흔들었다.

"왜 싸우냐?"

그렇지 않아도 복잡한 머리가 더 복잡하다.

"보라 너 때문에 싸웠다니까."

김민이 말했다. 얘는 왜 아까부터 자꾸 내 탓을 하는지 모르겠다. 다시 한 번 말하지만 나는 아무 짓도 하지 않았다.

"서연지가 너보고 이상하다고 했거든. 밤마다 거의 비슷한 시간에 화장실에 간다고 나가는데 아무래도 수상하다고 말이야."

"내 말이 틀렸어? 맞는 말이잖아."

서연지가 분해서 참을 수 없다는 듯 볼을 씰룩거리며 소리쳤다.

"머리는 풀어 헤치고 화장실에 간다고 가는데 돌아오는 시간이 이상하다니까. 어젯밤에는 내가 한숨 푹 자고 났는데 그때 돌아오는 거야. 아마 두 시간 이상은 지났을걸? 그런데 이상하다고 말도 못 하느냐고."

"네가 보라를 몽유병 환자로 몰았잖아."

황소윤이 맞받아쳤다. 내 편을 들어주었다니 고맙긴 고마운데 그 몽유병이라는 말, 어제 나도 직접 들었다. 서연지는 긴 머리를 펄럭이며 다니지 말라고 그런 비유를 썼을 뿐이다. 그 말을 들었을 때 별로 기분 나쁘지도 않았다. 머리를 쥐어뜯고 싸울 일은 아니란 말이다. 당사자인 나도 아무렇지 않은데, 황소윤이 민감한 반응을 보일 일은 더더욱 아니다. 내 편을 들어주었는데 이렇게 생각하는 거는 조금 미안하지만 말이다.

"내 생각을 말도 못 해?"

"처음 오던 날부터 보라가 이상하다고 했잖아. 뭐든 세 개씩 갖고 왔고 멍하니 창밖을 보는 것도 그렇고. 약간 이상한 거 같다고 손가락을 머리 위로 올려 뱅글뱅글 돌렸잖아. 분위기가 보라를 따돌릴 분위기였어. 나는 그런 거 용서 못 해. 내가 볼 때 보라는 정상이야."

"그래, 나도 정상이라고 생각해."

황소윤 말에 김민이 맞장구쳤다. 뭐야, 서연지. 나를 정신병자로 몰았던 거네.

"그리고, 너, 오늘 내가 솔직하게 말하겠는데 화장하지 마. 볼 때마다 소름 돋아."

황소윤은 말을 끝내고 침대에 누워 이불을 뒤집어썼다. 소름 돋는다는 말에 서연지는 손으로 얼굴을 만지며 어이없는 표정을 지었다.

황소윤이 나를 위해 몸 바쳐 싸웠다니 고마웠다. 그런데 황소윤이 언제부터 나를 위해 싸워 줄 만큼 나랑 친했나? 여전히 이해가 되지 않았다. 서로 비밀을 공유했기 때문일까? 그럴 수도 있겠다. 상대의 비밀을 안다는 것은 그 사람을 지켜야 한다는 책임감도 함께 생긴다는 걸 의미할 때가 있다.

"으으아아악!"

그때 서연지가 벽에 걸린 거울을 봤다. 그제야 현재 자신의 몰골을 확인한 모양이었다.

"어떡해, 어떡해. 이마에 할퀸 자국도 있어. 야!"

서연지가 황소윤이 머리끝까지 덮어쓴 이불을 제쳤다.

"너, 내가 얼굴에 얼마나 예민한지 몰라? 이제 어떻게 할 건데? 이 흉터를 어떻게 할 거냐고!"

"그깟 얼굴에 할퀸 자국 조금 생겼다고 달라지는 거 없어."

황소윤은 서연지가 코앞으로 들이민 얼굴을 힐끗 보며 시큰둥했다.

"그, 그, 그, 그깟?"

흥분한 서연지의 숨이 금방이라도 꼴깍 넘어갈 거 같았다.

"그래, 그깟이다! 왜? 한마디 더 해 줘? 너 착각하는 게 있는데 네 얼굴, 꾸미면 꾸밀수록 촌스러워지는 얼굴이야. 그냥 내버려 두는 게 더 낫다고. 다시 말하자면 신경 쓰면 쓸수록 못생겨지는 얼굴이라는 뜻이야. 보는 사람이 참견하고 싶은 얼굴이라고. 네가 마스카라인지 뭔지 떡칠을 할 때마다 말해 주고 싶었는데 참은 거야. 너는 그렇게 화장하면 남자애들이 너를 좋아할 거라고 생각하는 모양인데, 내가 남자라면 더 멀리 도망가겠다."

"마스카라고 뭐고 내 얼굴. 이 할퀸 자국 어떻게 할 거야? 아아악! 이러고 어떻게 살아?"

서연지는 턱을 덜덜 떨었다.

"그 정도는 며칠 지나면 괜찮아져."

"괜찮아지지 않으면? 그러면 어떻게 할 건데? 신경 쓰여서 어떻게 사냐고!"

서연지가 황소윤 침대를 마구 찼다.

"야!"

황소윤이 자리를 박차고 일어났다.

"나는 이러고도 살아 내고 있어."

황소윤이 이마를 가린 머리카락을 쓸어 넘기자 길고 굵은 흉터가 고스란히 드러났다. 바로 눈앞에서 자세히 본 흉터는 지난번 봤을 때보다 훨씬 더 충격적이었다. 진흙 위에 깊게 파인 자동차 바큇자국 같았다. 방방 뛰던 서연지가 주춤했다.

"이 흉터가 왜 생긴 줄 알아?"

황소윤의 눈빛이 얼마나 강렬하고 섬뜩한지 서연지가 금방이라도 그 눈빛에 녹아내릴 거 같았다. 서연지도 황소윤의 흉터를 보고 적잖이 놀란 모양이었다. 번진 마스카라 자국에 갇힌 눈동자가 흔들렸다.

"나를 따돌리던 애들이 이렇게 만들었어. 나는 저항도 한 번 못 하고 당하기만 했어. 그날, 시멘트 바닥이 드러난 빈집에서 피를 줄줄 흘리며 혼자 남았을 때 나는 더 이상 살고 싶지 않았어. 차라리 죽는 게 행복할 거 같았어. 그래서 죽으려고 결심하고 행동으로 옮겼지. 물론 그때 성공하지 못했으니까 여기에 있는 거지만……. 그래서 나는 다른 거는 다 그냥 봐주겠는데, 따돌리는 거! 그거는 진짜 용서 못 해! 그게 얼마나 아픈 건지 너는 몰라. 모르니까 상대가 없는 곳에서 확실하지 않은 말을 하면서 따돌리는 거라고."

나는 황소윤 말을 들으며 가슴에 심한 통증을 느꼈다. 숨이 쉬어지지 않으면서 일시적으로 지나가는 통증이었다. 황소윤은 이마의 상처에 대해 말한 적이 있었다. 하지만 죽으려고까지 했다는 말은 처음이었다.

"따돌리려고 그런 거 아니야. 나도 따돌리는 거 싫어해. 나도 항상 따돌림을 당할까 봐 걱정한다고."

서연지는 억울해했다.

"처음에는 다 그렇게 시작해. 하지만 따돌림을 당하기 싫어하는 아이들이 따돌리는 데 앞장서기도 해. 나를 따돌리는 데 앞장섰던 애도 나랑 가장 친했어. 내가 학교를 마치고 다른 애랑 먼저 집에 갔다고 걔는 내가 자기를 따돌리려고 한다고 생각했어. 그 섭섭한 마음이 시작이었지. 시작은 수돗물처럼 작은 물줄기야. 하지만 나중에는 거대한 폭포가 되어 감당할 수 없을 정도로 온몸으로 쏟아져. 수압이 세서 웬만한 힘으로는 막을 수 없어. 그런 게 따돌림이야."

황소윤의 눈이 벌겋게 충혈되어 갔다.

"사람들이 다 똑같지는 않아."

"똑같지는 않지만 비슷해."

"나는 네가 친했던 걔랑 달라."

"다 비슷하다고 했잖아."

다시 싸움이 시작되었다.

"하지 마, 제발 좀. 무서워."

김민이 발을 동동 굴렀다.

그때였다.

– 드르륵 쾅

문이 거칠게 열렸다.

"왜 이렇게 시끄러운가?"

교장이었다.

"그렇지 않아도 머리가 터질 거 같은데 왜 이렇게 시끄럽냐고."

교장 얼굴은 피곤해 보였다. 이마에는 검은 그림자가 드리웠고 다

크서클은 턱 밑까지 내려와 있었다. 잠을 얼마나 못 잔 건지 눈은 퀭하고 피부는 모래벌판처럼 거칠었다. 그 얼굴로 화를 내니 그 공포스러움은 평소 때보다 몇 배는 더 심했다. 김민이 내 팔에 매달려 덜덜 떨었다.

"겁먹지 마. 뭐가 무섭다고 그래?"

나는 김민 손을 잡아 주었다.

"여기는 완전 시골구석이야. 무슨 일이 생기면 어떻게 해? 우리가 다 죽어도 아무도 모를 거야. 어떡해. 괜히 왔어."

아니, 앤 무슨 말을 그렇게 극단적으로…….

"내가 말할 때라도 조용히 좀 못 하나?"

교장이 김민에게 소리쳤다. 김민 몸이 사시나무처럼 흔들렸다.

"교장 선생님!"

참을 수가 없었다.

"선생님이 지금 우리를 야단칠 권리가 있다고 생각하세요?"

교장이 이건 또 무슨 소리냐는 듯 눈썹을 꿈틀거렸다.

"돈을 받았으면 뭐라도 가르쳐야 하는 거 아닌가요? 우리가 이곳에 온 지 벌써 일주일이 넘었어요. 그런데 그동안 제대로 된 수업을 한 적 있나요? 뭘 잘했다고 야단치세요?"

"너는 또 왜 이래? 하지 마."

김민이 내 팔을 잡고 펄쩍펄쩍 뛰었다.

"얘는 겁이 많아서 뭐든 시작도 못 해 보는 아이에요. 자기가 잘하는 공부 외에는 다 겁나 한다고요. 그리고 재는요, 자기 주변에서 일어나는 모든 불행한 일이 자신의 외모 때문이라고 생각하는 애예요. 완벽하지 않은 외모 때문에 스트레스를 받는 아이라고요. 그리고 재는 어떤 줄 아세요? 당연히 알고는 계시겠죠. 자기 소개서를 읽어 보셨을 테니까요. 저에 대해서도 아시죠? 제가 자기 소개서를 직접 쓰지는 않았지만 아마 비슷하게 쓰기는 했을 거예요. 저번에 강타수 선생님이 말하던 안테나 이야기를 들으면 말이에요."

숨도 쉬지 않고 말했더니 가슴 통증이 더 심해졌다. 나는 잠깐 말을 멈추고 숨을 내쉬었다 들이마시기를 반복했다.

"그런 아이들을 불러 모았으면 약속대로 마음을 편하게 만들어 주든가, 행복한 기분이 들게 만들어 주든가, 연애 박사를 만들어 주든가, 뭐라도 시작해야 하는 거 아닌가요? 그러지도 못하면서, 도대체가 제대로 하는 거는 하나도 없으면서 왜 야단치세요? 저흰 여태 안테나에 대한 이야기밖에 들은 게 없는 걸로 아는데요."

로봇이 왜 문제를 일으키는지 이유도 모르면서 매일 용접이나 해대고, 당신 정말 로봇 과학자 맞느냐고, 이 말도 하고 싶은 걸 꾹 참았다. 교장의 지금 사정이 딱하기는 하지만 그냥 넘어갈 수 없었다. 교장이 딱한 만큼 김민도 딱하고 서연지도 딱하고 황소윤도 딱했다. 그리고 나도 딱했다. 상형을 비롯해서 이 학교에 있는 로봇들도 다 딱했다. 딱하지 않은 사람은 아무도 없다.

교장이 나를 쏘아봤다.

'왜요, 내가 틀린 말 한 거는 아니잖아요. 딱한 사람끼리 서로 보듬어 주지는 못할망정 왜 야단치느냐고요!'

나도 지지 않고 교장을 쏘아봤다.

"곧 제대로 시작할 거야. 우리 학교의 수업은 과학적이고 다채로워. 제대로 하지 못하면 나도 큰일이니까."

교장이 혼잣말처럼 중얼거렸다.

"교장 선생님."

강타수 선생이 숨을 헐떡거리며 달려왔다. 강타수 선생은 교장 귀에 대고 무슨 말인가 숙덕거렸다. 교장 얼굴은 점점 하얗게 질려 갔다. 순간 더듬이가 움직이며 내 가슴이 덜컥 내려앉았다. 상형한테 무슨 일이 생긴 거는 아닐까? 교장은 부리나케 방에서 나가 복도를 달렸다.

"토할 거 같아."

김민이 입을 막고 화장실로 달려갔다. 나는 김민을 따라갔다.

"너무 놀라서 아침 먹은 게 잘못되었나 보다."

나는 토하는 김민 등을 두드려 줬다.

"응. 내가 좀 예민해서 그래."

김민이 토하면서 말했다.

"야, 김민. 세상은 다 겁나는 일만 있는 게 아니야. 너도 본관 뒤에 있는 그 건물 알지? 한밤중에 그 건물에 가라고 하면 갈 수 있겠어?"

"미쳤어? 귀신이라도 나타나면 어쩌려고?"

김민이 얼굴을 들고 나를 바라봤다. 얼굴이 눈물로 얼룩져 있었다. 토하는 거 진짜 힘들구나.

"너, 귀신 진짜로 본 적 없지? 귀신이 있는지 없는지도 모르면서 나타나면 어쩌나 겁부터 먹고 있어. 그리고 귀신이 있다고 해도 그 건물에 있는지 없는지는 직접 가 보지 않으면 몰라. 그런데 있다고 생각하고 겁을 내는 거지. 혹시 이런 말 들어 봤어? 길은 가 보지 않으면 그 길이 어떤지 알 수 없다!"

말을 하다 보니 엄청 고급스러운 말인데, 어디서 들은 말이고 누가 한 말인지는 잘 모르겠다.

"가 보지 않고 짐작으로 판단하는 거는 옳지 않은 거 같아. 내가 그 건물에 가 봤는데 말이야."

"언제?"

김민 눈이 동그래졌다.

"한 번만 간 게 아니라 몇 번 갔어. 비가 쏟아지고 천둥 번개 치던 밤에도 갔었어."

– 꼴깍

김민이 침을 삼켰다.

"그런데 거기, 김민 네가 걱정하는 그런 거 없었어. 나도 처음에는 너처럼 그 건물이 무서웠는데 직접 가 보니까 아니라는 거지. 나는 네가 미리 짐작만으로 판단하지 말고 뭐든 시작부터 해 봤으면 좋겠어. 시작했다가 실패하면 또 어때? 다시 다른 길을 찾아보면 되는 거지. 다 토했어?"

"응."

김민이 가만히 고개를 끄덕였다.

지겹도록 집중하기

운동장, 플라타너스 나무 그늘 아래 검은색 승용차 한 대가 서 있었다. 처음 보는 차였다. 멀리서 봐도 먼지 하나 없어 보이는 승용차는 8월의 뜨거운 햇살을 가득 머금고 자신의 자태를 뽐내는 양, 위풍당당했다. 어쩌면 주변이 너무나도 보잘것없어 승용차가 더 당당해 보이는지도 모르겠다. 혹시 로봇협회 사람들? 문득 그 생각이 스치고 지나갔다. 중간 점검을 하러 온다고 했다.

– 오전 수업을 시작할 시간이니 시청각실로 오세요.

그때 방송이 나왔다. 토하고 난 뒤 침대에 늘어져 있던 김민이 노란 머리를 손가락으로 빗어 넘기며 일어나고, 화장 솜으로 얼굴에 번진 마스카라를 닦고 있던 서연지도 화장 솜을 휴지통에 넣고 일어섰다.

"교장이 또 지랄할라, 어서 일어나."

김민이 이불을 뒤집어쓰고 있는 황소윤을 흔들었다. 큭, 웃음이 나올 상황이 아닌데 웃음이 나왔다. 김민의 입에서 지랄이라니, 지랄이라는 단어가 번지수를 잘못 찾아든 거 같다고나 할까? 물 위에 둥둥 뜨는 기름처럼 김민과는 어울리지 않는 말이었다. 나와 같은 생각이었을까? 황소윤이 이불을 젖히고 가만히 김민을 바라보더니 잠자코 일어났다.

"교장이 지랄하는 거 무서워할 필요 없어. 원래 겉으로 그러는 사람들이 덜 무서운 법이야. 겉으로 반듯하고 착한 척하는 사람들이 속으로 더 독한 법이지."

황소윤이 말했다.

"응, 알아."

김민이 대답하며 나를 보고 싱긋 웃었다.

시청각실 문을 열면서 나는 내 눈을 의심했다. 상형이 앉아 있었다. 한순간 혼란스러웠다. 중간 점검을 받기 위해 나와 있는 건가? 사람과 감정을 교류하는 상태로 나와 있다면 그건 위험한 일이다. 아니지, 교장이 그렇게 무모한 짓은 하지 않을 거다. 오늘 새벽에 차단하는 작업을 다시 한 건가? 그래, 그럴 수 있겠다. 하지만 오늘 새벽이면 실험 단계도 거치지 않고 나온 거잖아. 이것 역시 위험하기는 마찬가지다. 나는 상형 옆에 앉으며 상형이 어떤 반응을 보이는지에 초집중했다.

"안녕."

상형이 옆을 돌아보며 인사했다.

"안녕."

오른손을 들고 살짝 흔들었다. 상형의 표정은 무덤덤했다. 입가로 흐르던 잔잔한 미소도 없었고 상형에게서만 느낄 수 있던 온기도 느껴지지 않았다.

'차단했구나.'

확신할 수 있었다.

단순해지면 행복해진다.

한 가지 일에만 지겹도록 집중해 보자.

전자 칠판에 까맣고 굵은 글씨가 나타났다. 강타수 선생이 남자애들에게 (아니 로봇들에게) 털실 한 뭉치씩을 나눠 주었다. 복도에서 얼핏 그림자가 스치고 지나갔다. 나는 그 그림자가 로봇협회에서 나온 사람들이라는 것을 단박에 알 수 있었다. 그림자는 시청각실에 있는 아이들이 눈치채지 못하도록 딴에는 조심하는 거 같았다.

"자, 실뜨기라고 알지요?"

강타수 선생은 손수 털실을 잘라 실뜨기를 할 수 있는 크기로 묶었다. 남자애들이 강타수 선생을 따라 했다. 전자 칠판에 실뜨기 방법과 요령이 나타났다. 전자 칠판을 보면서 천천히 실뜨기를 시작했다. 상형을 비롯한 남자애들은 실뜨기 훈련도 잘되어 있었다. 실수를 하는 것은 여자애들이었다. 나 역시 실뜨기 같은 것은 잘 해 보지 않아서인지 실수 연발이었다. 참 쓸데라고는 찾아볼 수 없고 시간 낭비라고 생각을 했지만, 실뜨기는 이상하게도 중독성이 있었다. 다음 단계를 기필코 해내고 말겠다는 승부 근성이 꿈틀거렸고 한 단계씩 성공할 때마다 그 기쁨은 말로 표현할 수 없을 정도였다.

과학적인 교육 방식과는 거리가 먼 실뜨기 교육. 하지만 하다 보니 상당히 과학적이었다. 오로지 하나에 집중하니 다른 것은 까마득하게 잊혔다.

"아, 어떻게 해, 실수, 실수."

김민도 자신이 어디에 와 있는지 무슨 일로 왔는지도 다 잊은 듯 오직 실뜨기에 목숨 걸고 있었다.

전자 칠판을 바라보다 복도 쪽으로 눈길이 갔다. 두 남자가 아예 작정을 하고 안을 들여다보고 있었다. 남자들은 매서운 눈으로 상형과 하형, 좌형, 우형의 행동 하나하나를 놓치지 않고 바라봤다.

강타수 선생은 긴장된 얼굴로 전자 칠판 리모컨을 만지작거리고 있었고, 교장은 전자 칠판을 바라보는 듯했지만 힐끗거리며 상형을 훔쳐보고 있었다. 창밖으로 초록빛을 한껏 머금은 나뭇잎이 일렁이고 환한 햇살이 눈부신 오전. 언뜻 보면 평화로움이 가득해 보였지만 교실에는 극도로 긴장된 분위기가 흐르고 있었다.

그때였다. 갑자기 상형이 이상한 반응을 보였다. 머리를 좌우로 흔들더니 두 손으로 귀를 꽉 막고 눈을 감았다.

– 덜그럭덜그럭!

아주 작은 소리였지만 내 귀에는 분명 들렸다. 교장이 흠칫 놀라며 로봇협회 사람들 눈치를 살폈다.

"상형."

나는 발로 상형의 발을 질끈 밟았다.

'정신 차려! 지금 이러면 곤란해.'

하지만 상형은 계속해서 고개를 흔드는 행동을 이어 갔다. 내 뒤통수로 따가운 시선이 느껴졌다. 굳이 확인하지 않아도 로봇협회 사람들 눈길이라는 거를 알 수 있었다. 정면으로 보이는 교장 얼굴이 하얗게 질렸다.

'제발, 제발.'

나는 상형을 향해 그러지 말라는 눈빛을 보냈다. 상형이 차단된 상태라면 좋겠지만 차단에 문제가 생긴 거라면 내 표정과 눈빛을 보고 이 사태를 알아차렸으면 좋겠다. 몇 번 더 머리를 흔들던 상형이 드디어 멈췄다.

"보라야."

상형이 특유의 부드러운 미소를 지었다. 맙소사! 낭떠러지 끝에서 있다 등을 밀린 거처럼 앞이 까마득해졌다. 차단 실패다. 교장이 시청각실 밖으로 뛰어나갔다. 뭐라고 변명을 하는 듯한 교장의 다급한 목소리가 들렸다. 일이 나도 제대로 났구나.

"웃지 마! 웃지 말라고!"

아랫입술을 질끈 깨무는데 눈물이 핑 돌았다.

"왜?"

상형이 물었다.

"로봇협회 사람들이 왔어. 너를 봤어."

기어이 눈물이 주르르 흘렀다. 상형은 앞뒤 상황을 파악한 듯 표정이 굳어졌다. 전자 칠판은 실뜨기 10단계에서 멈췄다. 강타수 선생은 자신이 무엇을 하던 중인지 잊은 거 같았다. 리모컨을 손톱으로 박박 긁으며 초점 잃은 눈으로 복도를 바라봤다.

"10단계에서 끝이에요?"

김민이 손을 들고 물었다. 강타수 선생은 대답 대신 손을 휘저었다.

"다음 단계도 있어요? 그럼 가르쳐 주세요."

"오늘 수업은 끝."

강타수 선생은 힘없이 말했다. 강타수 선생의 넋 나간 모습을 보며 〈마지막 수업〉이라는 소설이 떠올랐다. 나는 그 소설을 반복해서 읽을 때마다 소설 속 선생이 아이들에게 집으로 돌아가도 좋다고 말할 때 어떤 모습이었을까 상상하곤 했다. 아마 지금 강타수 선생의 모습이 소설 속 선생 모습 같지 않았을까? 강타수 선생은 나라를 잃은 얼굴이었다.

"아직 점심시간도 아닌데 벌써 끝나요?"

"다음 단계는 다음 시간에."

강타수 선생은 여전히 넋이 나간 얼굴로 대답했다.

– 윙윙윙

창문을 통해 벌 한 마리가 들어왔다. 커다란 말벌이었다.

"어떡해! 말벌이야. 말벌한테 쏘이면 죽음인데."

서연지가 털실을 마구 휘저었다. 그때 앞문으로 남자 두 명이 들어섰다. 강타수 선생 입에서 신음 소리가 새어 나왔다. 남자들은 뚜벅뚜벅 상형에게 다가왔다. 강타수 선생은 이미 모든 걸 포기했는지 그들을 막아서지도, 말리지도 않았다. 상형은 순순히 일어났다. 상형도 자신에게 닥칠 일을 털끝만큼의 저항 없이 받아들일 준비를 끝낸 모습이었다. 상형의 머릿속에는 지금 사람과 비슷한 감정이 흐르고 있다. 그 감정에는 두려움과 공포가 없는 걸까? 상형은 너무나 담담했다.

"안녕."

상형은 나를 한 번 바라보고는 인사를 했다. 그러고는 남자들을 따라 나갔다.

– 윙윙윙

말벌이 상형 머리 위를 맴돌았다. 윙윙윙 소리 위로 '폐기 처분! 폐기 처분!'이라는 말이 함께 맴돌았다. 눈물이 줄줄 흘렀다.

"상형은 수업 시간에 어디 가는 거야? 저 사람들은 또 누구지? 어머, 보라야, 너 왜 울어?"

김민이 놀라서 물었다.

"아, 진짜 산만한 학교야. 내 생각에는 보라도 학교에 낸 돈이 아까워서 우는 걸 거야."

서연지가 말했다. 그래, 그냥 그렇게 믿어 줘라.

"이거 처발라라."

방으로 들어와 황소윤이 연고를 서연지에게 던졌다.

"아, 뭐야?"

서연지가 인상을 잔뜩 썼다.

"아까 실뜨기하면서도 자꾸 앞머리로 이마를 가리려고 하던데 할퀸 자국을 감추려고 그런 거 아냐? 그거 발라. 흉터 없애는 데는 끝내주게 효과가 있거든. 연고계의 명품이라고 할 수 있지. 듬뿍 처바르고 흡수 잘 되게 막 두드려 줘라."

"너는 말 좀 예쁘게 하면 안 되냐? 처바르는 게 뭐냐, 처바르는 게. 그냥 바르라고 하면 되지. 명품인 거는 맞냐?"

서연지는 말은 그렇게 하면서도 연고를 집어 쭉 짜더니 흉터에 듬뿍 발랐다.

"그리고 내가 말이지, 숱도 얼마 안 되는 네 머리카락을 쥐어뜯어 약간 미안한 마음이 들어서 하는 말인데. 너 있잖아, 눈이 크다고 해서 다 예쁜 거는 아니다. 특히 작은 눈을 아이라인과 마스카라를 총동원시켜 크게 보이려고 화장하는 거는 가장 바보 같은 짓이야."

연고를 주는 거까지는 분위기가 괜찮았는데 황소윤이 또 비꼬는 말을 했다.

"싸우지는 마. 머리 복잡해. 생각할 게 많단 말이야."

그렇지 않아도 상형 때문에 머리가 터져 나갈 만큼 복잡한데 서연지와 황소윤이 한바탕 붙으면 나도 참지 못하고 폭발할 거 같았다.

"싸우려고 하는 말 아니야."

"싸움 거는 말 맞고만."

서연지가 빨간 입술을 불룩 내밀며 말했다.

"너는 그 입술 색도 그래. 그게 너한테 어울린다고 생각하니? 쯧쯧."

"저것 봐, 싸움 거는 거잖아."

"싸움 거는 거 아니라고 했지? 내 꿈이 메이크업 아티스트거든."

"사기 치고 있네."

황소윤 말이 땅에 떨어질까 봐 걱정이라도 되는지 서연지가 바로 맞받아쳤다.

"믿고 싶지 않으면 믿지 말든가. 아무튼 내가 네 숱도 없는 머리카락을 3분의 1 정도 뽑아 놓은 거에 대해 미안한 마음이 약간 들어서 하는 말인데……."

"아까부터 머리카락 얘기만 자꾸 하는데, 나는 머리카락보다 이마에 난 흉터가 더 신경 쓰이거든? 머리카락을 쥐어뜯어서 미안한 게 아니라 이마에 난 상처가 미안하다고 해라."

서연지가 톡 쏘아붙였다.

"아, 그래. 그러면 할퀸 게 미안해서 그런다고 생각해라. 네 멋대로 생각한다고 잡아가는 사람 없으니까. 너처럼 쌍꺼풀이 없는 눈은 억지로 크게 만들려고 하지 말고 자연스럽게 화장을 해야 해. 그래야 고전미가 넘치면서 고급스럽다고. 얼굴은 밀가루 반죽 처바르듯 비비크림을 떡칠하면 안 되고 투명한 피부 표현을 해 줘야 돼. 네 얼굴에 립스틱 빨간 거는 안 어울려. 거울을 봐라. 쥐 잡아먹은 거 같잖아. 아! 앞머리도 절대 내리지 마라. 너는 이마를 내놓아야 그나마 봐줄 만해."

"뭐? 쥐?"

마스카라를 한 서연지의 한쪽 눈이 무시무시하게 커졌다.

"김민, 너 이쪽으로 앉아 봐."

황소윤이 침대를 가리키더니 사물함을 열고 뒤적였다. 황소윤이 꺼낸 것은 화장품이 가득 들어 있는 파우치였다. 김민이 황소윤 침대에 앉을까 말까 망설였다.

"앉으라니까."

"내 얼굴에 뭘 하려고? 나는 화장 같은 거 안 해 봤어."

"화장하는 게 뭐 사람 잡아먹는 일이니? 뭘 그렇게 겁내? 나중에 세수 한번 하면 끝나는 일인데."

"아, 그렇지."

김민은 황소윤 침대에 걸터앉았다. 황소윤은 브러시로 화장품을 찍어 김민에게 화장을 해 주기 시작했다.

나는 방에서 나왔다. 로봇협회 사람들이 데리고 나간 상형이 어떻게 되었는지 걱정이 되어 앉아 있을 수가 없었다.

남자애들 방에는 하형과 우형, 좌형이 충전을 하고 있을 뿐 교장과 강타수 선생, 그리고 로봇협회 사람들과 상형은 보이지 않았다. 그 건물도 텅 비어 있었다.

'아, 맞아. 연구실!'

나는 한달음에 3층까지 올라왔다. 방에서 김민 웃는 소리가 들렸다. 화장이 제법 잘되어 가는 모양이다. 발소리를 죽이며 교장 연구실로 향했다. 마지막 교실을 지날 때 연구실에서 목소리가 흘러나왔다. 숨을 죽이고 문에 붙어 섰다.

"한 번만 더 기회를 주세요. 거의 성공했어요. 바로 눈앞에 고지가 보이는데 여기서 그만두라는 거는 너무 가혹하지 않습니까? 상형을 완벽하게 돌려놓겠습니다. 지금 당장 폐기 처분하라는 말은 좀…… 그리고 이러는 거는 약속이 틀리지 않습니까? 중간 점검이라는 말은 애초에 없었는데 왜 불쑥 튀어나온 거지요? 아직 20일 정도 남아 있습니다. 이 학교를 마치고 다녀간 아이들의 후기를 보고 판단하기로 했으니 처음 약속을 지켜 주세요. 내가 만든 로봇들이 인간의 존엄성을 지켜 주고, 인간에게 도움을 주는 로봇이라는 걸 꼭 보여 주겠습니다. 청소 로봇처럼 단순화시키겠다고요. 나는, 나는 이대로 끝낼 수는 없습니다."

교장은 사정하며 매달렸다.

"더 기다린다고 해서 달라질 거는 없을 텐데요. 상형의 상태를 보니까 차단 작업을 했던 게 표가 나는군요. 그런데 실패한 거고요. 그렇다면 다른 로봇들도 마찬가지일 테지요. 언제 터질지 모르는 화산과도 같아요. 며칠 시간을 더 번다고 해서 해결될 문제가 아니에요."

– 흑흑흑

교장의 흐느낌이 들렸다.

"왜 다들 처음에는 환호했나요? 왜 인간에게 가까운 로봇을 열망하고 원했나요? 한때 나를 대한민국을 빛낸 과학자라고 표창도 했지요. 노벨 과학상 수상자가 나올 거라고 나라가 들썩였던 적도 있지요. 한마음으로 그래 놓고 이제 와서……."

교장의 흐느낌은 오래도록 계속되었다.

살아 있으면 약속할 수 있는 거야

황소윤의 솜씨는 대단했다. 김민뿐 아니라 서연지도 다른 사람으로 만들어 놨다. 눈꼬리가 올라가 약간은 독하게 생긴 서연지를, 고급스럽게 표현하자면 한 떨기 청초한 수선화로 만들어 놨다. 화장의 힘이 이렇게 대단하다는 걸 처음 알았다.

"너 실력 끝내준다. 안 죽기를 잘했다. 자살에 성공했으면 우리나라는 그야말로 위대한 인재 하나를 잃을 뻔했어."

서연지 딴에는 감격에 겨워 하는 말이었다.

"말하는 꼬락서니 하고는."

"내가 틀린 말했니? 네가 네 입으로 자살하려다 실패했다고 그랬잖아? 앞으로는 죽을 생각하지 마라. 너 따돌리는 것들 있으면 다 데리고 와. 내가 해결해 줄게."

서연지는 한마디 더 얹었다.

"아이고, 남 걱정 말고 너나 잘하세요. 그리고 내가 충고 한마디 하겠는데 너는 그 싸가지 없이 말하는 거 고쳐라. 칭찬을 하려면 듣기 좋은 말로 하라고. 얼굴 화장보다 더 중요한 게 말이야, 말."

"그래? 그럼 그러지 뭐."

어쩐 일로 서연지가 순순히 대답했다.

서연지는 이참에 모든 걸 다 정리하겠다는 듯 마스카라와 아이라인, 비비크림을 모두 쓰레기통에 넣어 버렸다.

"진짜 내가 아닌 거 같아. 예쁘다. 해 보길 잘했어."

김민도 거울 속 자신의 모습을 보며 황홀해했다.

"그렇지? 그러니까 무슨 일이든지 미리부터 겁먹지 마."

끊임없이 이어지는 칭찬에 황소윤도 기분 좋은 모양이었다. 화장품을 정리하며 히죽히죽 웃었다.

"보라 너도 해 볼래?"

황소윤이 생각났다는 듯 물었다.

"아니, 나중에."

"아참, 보라 너한테 말할 게 있는데, 빨랫거리 좀 처박아 두지 말고 빨아라. 온 방 안에 쉰내가 진동해. 네 사물함 속에 있는 빨랫거리 좀 당장 빨아. 이건 명품 흉내 내다 망한 향수 냄새보다 더 지독해."

서연지가 앞머리를 걷어 실핀을 꽂으며 말했다.

'상형은 어떻게 되는 걸까? 당장 폐기 처분되는 걸까? 당장이 아니더라도 여름 방학이 끝나고 나면 그렇게 되겠지.'

말로 표현할 수 없는 감정이 뒤섞였다. 콧날이 시큰해지는 것이 슬픔 같기도 하고 가슴이 쨍하니 갈라질 거 같은 것이 아픔 같기도 했다.

나는 상형 생각을 하며 사물함을 열고 빨랫거리를 꺼냈다. 바로 바로 빨아 입으라고 했는데 그동안 쌓아 두기만 했다.

"아휴, 냄새."

서연지가 코를 잡고 바라봤다.

맨 구석에 돌돌 말려 박혀 있는 반바지를 집어 들 때였다. 반바지 주머니에서 뭔가 뚝 떨어졌다. 커플링이었다.

"이거 무슨 반지야?"

서연지가 눈을 반짝거리며 다가왔다.

"가질래? 줘?"

"진짜?"

나는 두말하지 않고 서연지 손에 커플링을 쥐어 주었다. 반바지를 툭툭 터는데, 또 뭐가 바닥으로 떨어졌다. 작은 나사였다.

'이게 뭐지? 나하고는 전혀 상관없는 물건인데 이게 왜 내 주머니에서 나왔을까?'

끝이 뭉텅하고 윗부분이 마름모꼴인 나사를 두어 번 돌려 보다 쓰레기통에 넣으려는 바로 그 순간이었다. 퍼뜩 머리를 스치고 가는 장면이 있었다. 그날! 내가 상형이 머리 위를 엉덩이로 가격하던 바로 그날! 쪽팔리는 일이 있던 그날! 그날 바로 이 나사를 주웠다. 상형한테서 떨어졌었다. 문득 교장이 했던 말이 떠올랐다. 상형의 감정을 완벽하게 차단해 주던 나사가 사라졌다는 말. 그것만 있으면 문제없을 거 같은데 아무리 찾아도 찾을 수 없다고 했다.

'이게 그 나사일까?'

나는 주머니에 나사를 넣었다.

8월의 햇볕이 지글지글 끓고 있는 오후, 로봇협회 사람들이 탄 검은 승용차가 운동장을 빠져나갔다. 까만 자동차의 꽁무니가 교문을 나서서 산모퉁이를 돌아설 때까지 나는 눈을 떼지 못했다. 어떤 결론을 내고 돌아가는 걸까?

점심을 먹고 올라온 황소윤이 서연지 손톱을 정리해 주고 있었다.

"하여간 촌스러운 거를 이 정도로 잘 골라서 하는 것도 대단한 소질이고 재능이야."

황소윤은 파란색과 빨간색 매니큐어를 지우며 혀를 찼다. 황소윤은 말갛게 피부색을 드러낸 서연지 손톱에 피부색보다 더 말간 옅은 핑크색 매니큐어를 바른 다음, 그 위에 은색의 점을 찍었다. 루돌프가 썰매를 끌고 달리는 크리스마스카드 한 장이 서연지 손톱 위에 연출되었다.

"작품명, 8월의 크리스마스."

황소윤이 서연지 손톱 끝을 호호 불며 말했다.

"그거 엄청 옛날 영화 제목 아니냐? 저작권에 문제 생겨."

"그래? 그럼 한여름의 크리스마스."

"나도 해 줘."

김민이 손을 내밀었다.

"너도 해 줄게."

황소윤이 나를 바라봤다.

"아니, 나는 빨래할래."

빨랫거리를 세탁기에 넣고 세탁기 앞에 서서 골똘히 생각했다. 이 나사를 들고 교장에게 가 볼까? 물론 교장이 찾는 그 나사가 아닐 수도 있고, 또 그 나사가 맞을 수도 있다. 하지만 어쩐지 망설여졌다.

'연보라, 뭐가 문제야? 그 나사가 아니라면 어쩔 수 없는 거고, 그 나사가 맞다면 좋은 거잖아. 지금 어떤 상황에 처한지도 모르는 상형을 구할 수 있는 절호의 찬스야. 그런데 뭘 망설여?'

머릿속에서 누군가 말했다.

"하지만……."

나는 물이 빠져나가고 위이이잉! 탈수를 시작하는 세탁기를 멍하니 바라봤다. 15분간의 1차 세탁 후 탈수, 그리고 또 15분의 2차 세탁, 다시 탈수. 세탁기는 이런 식으로 한 시간 정도의 세탁과 탈수를 반복하며 작동된다. 입력된 프로그램대로 말이다. 이 나사가 교장이 찾는 게 맞다면 상형도 세탁기처럼 되는 거겠지. 입력된 기능만을 수행하는 아주 유능한 로봇이 될 거야.

'그러니까 빨리 교장에게 나사를 가져다 보여 줘 봐.'

머릿속에서 누군가 또 말했다.

"하지만……."

그렇게 되면 다시는 지금의 상형을 만날 수 없게 되겠지. 함께 이야기를 나누고 울며 내 마음을 털어놓을 수 없게 될 거다. 상형의 다정한 미소 또한 볼 수 없을 거다. 그건 참을 수 없이 슬프고 아픈 일이다.

'내가 상형을 좋아하는 걸까?'

아무래도 그런 거 같다.

내가 기계를 좋아하다니.

나는 빨래가 거의 다 끝날 때까지 나사를 만지작거리고 서 있었다.

"뭘 그러고 지키고 서 있니? 돌려 놓고 들어오지. 누가 네 빨래 훔쳐가는 거도 아니고."

그때 황소윤이 다가왔다.

"매니큐어는 다 칠해 줬어?"

황소윤은 대답 대신 고개를 끄덕였다.

"이마에 상처가 나는 바람에 진짜 미안했어. 서연지는 진짜 이마를 내놓아야 예쁜 얼굴이거든. 그런데 상형은 어디 간 거래? 아참, 상형이랑은 잘되어 가?"

황소윤이 피식 웃으며 물었다.

"그냥……."

이곳에 와서 그냥이라는 말이 늘었다.

황소윤은 빨래 너는 거를 도와주었다. 황소윤은 빨래에서 나는 세제 냄새가 좋다고 했다. 빨래를 걷을 때 나는 햇볕 냄새는 더 좋다고 했다. 그리고 자신이 좋아하는 냄새에 대해 쉬지 않고 말했다. 말이 없던 황소윤이 이틀 동안 서연지와 가깝게 지내더니 그새 서연지에게 전염이라도 된 건지. 황소윤이 좋아하는 냄새에는 화분에 물을 줄 때 올라오는 흙냄새도 있었고 바다 냄새도 있었다. 다 고개를 끄덕일 정도로 공감할 수 있는 냄새였는데 딱 하나, 황소윤 집에서 키

운다는 강아지 똥 냄새도 좋다는 말에는 고개를 끄덕일 수 없었다.

"진짜 똥 냄새 좋다니까. 치우다 만져도 안 더러워."

누군가를 좋아하는 것은 위대한 거다.

"나는 있지. 참 잘했다는 생각이 들어."

한참 동안 똥 냄새가 구수하다느니, 빛깔이 아름답다느니 강아지 똥 예찬을 하던 황소윤이 뜬금없는 말을 했다.

"뭐가?"

"이 세상에 살아 있다는 거. 서연지 말을 빌리자면 자살에 실패한 거. 지금도 트라우마에서 완전히 벗어나지는 못했지만, 그래서 우울할 때가 더 많고, 조바심 나는 일도, 예민하게 굴 일도 많지만 점점 좋아지고 있다는 걸 스스로도 느껴."

황소윤의 얼굴이 진지했다.

"내일 하자, 모레 하자, 약속할 수 있다는 거. 그건 살아 있어야 가능한 거잖아. 서연지가 내일은 피부 화장하는 법을 자세히 가르쳐 달래. 그래서 그런다고 했어."

나는 교장의 연구실로 향했다. 연구실은 텅 비어 있었다. 상형이 앉아 있던 의자라고 하기에도 애매하고 침대라고 부르기도 좀 그런 가구에는 눈부신 햇살이 앉아 있었다.

그 건물로 갔다. 상형은 거기에 있었다. 교장과 강타수 선생은 보이지 않았다.

"연보라."

상형이 나를 보고 웃었다.

"교장이랑 강타수 선생님은 어디 있어? 무슨 일 있는 거야?"

교장과 강타수 선생, 그리고 로봇협회 사람들이 상형에 대해 어떤 결론을 내렸는지 궁금했다.

"나를 폐기 처분하기로 했어. 대신 다른 로봇들은 방학이 끝날 때까지 별문제를 일으키지 않고, 이 학교를 다녀간 아이들도 좋은 후기를 남기면 폐기 처분하지 않기로 했어."

뭐야. 상형 혼자 희생한다는 말이다. 그런 엄청난 말을 하면서도 상형은 담담했다.

"바보야. 너 혼자 죽는 거잖아. 그런데 그걸 아무렇지도 않게 얘기해?"

나는 눈물이 왈칵 쏟아졌다.

"로봇들은 죽지 않아."

"그럼 뭔데?"

"그냥 해체되어 사라지는 거야."

쿵! 심장이 내려앉을 거 같았다.

나는 상형의 손을 꼭 잡았다. 차갑기는 하지만, 나만 느낄 수 있는 온기가 있는 이 손. 내가 기계를 좋아하게 될 줄은 꿈에도 몰랐다. 어떻게 이런 일이 일어날 수 있는지.

'내일 하자, 모레 하자. 약속할 수 있다는 거. 그건 살아 있어야 가능한 거잖아.'

문득 황소윤이 했던 말이 떠올랐다.

"상형, 내 눈 봐."

나는 상형을 똑바로 바라봤다. 상형의 파란 눈이 나를 봤다.

"다시 또 만나자."

"해체되면 사라지는 거야."

"살아 있으면 약속할 수 있는 거야."

나는 상형의 손을 놓고 밖으로 나왔다.

발칙한 학교

교장은 나사를 받아 들고 거의 얼음처럼 모든 걸 멈췄다. 몸짓도, 눈 깜박거림도. 숨조차 쉬지 않는지 숨소리도 안 났다.

"이거, 어디서 났나?"

한참 후에 교장은 숨을 털어 내듯 후드득! 쉬면서 물었다.

"주웠어요. 생긴 게 특이해서 혹시 중요한 건지 몰라 가져온 거예요."

"암, 중요하지, 중요하고말고. 이제 됐다."

교장 눈에 눈물이 그렁거렸다.

"정말 고맙다."

강타수 선생이 감격에 찬 목소리로 말했다.

"뭐, 나사 하나 주워 온 거 가지고 나라를 구하고 온 사람처럼 이러세요? 쑥스럽게."

나는 어깨를 으쓱 올려 보였다.

"진짜 그렇게 고마우면 오늘 반찬 좀, 더 좋은 거로 주시고요. 수업 좀 제대로 하자고요. 뭐라도 배우고 가야 할 거 아니에요."

"그럼, 그럼. 당연하지."

교장은 덩실덩실 춤이라도 출 듯했다.

나는 연구실에서 나와 문에 등을 기대고 섰다. 복도로 들어온 햇살이 정면으로 내리쬐었다. 눈가가 싸해지며 눈물이 쏟아졌다.

"괜찮아. 잘한 거야."

나는 손등으로 눈물을 닦았다.

이제 나의 상형은 이 세상에 없다. 하지만 로봇 상형은 사라지지 않고 남게 되는 거다. 살아 있게 되는 거다. 그것만으로도 잘된 거다. 빠르게 연구실 복도를 벗어나 숙소로 돌아왔다.

"어, 지금 들어왔어요. 잠깐 기다리세요."

김민이 전화기를 들이밀었다.

"보라니?"

엄마였다.

"지내기 어때?"

"괜찮아."

"다행이다."

어쩐지 엄마 목소리에 힘이 없었다.

"무슨 일 있어?"

"…… 아니야. 밥은 잘 먹고 있는 거지?"

"무슨 일 있느냐고!"

"왜 소리를 지르고 난리야? 아무 일도 없어. 빨래도 제때제때 해

입고 있지? 그럼 끊는다."

엄마는 전화를 뚝 끊었다. 아무 일도 없다고 했지만 분명 무슨 일이 있다. 내가 엄마 딸로 14년을 살았다. 그런데 그걸 모를까. 엄마는 웬만해서는 내 앞에서 저렇게 힘없는 목소리로 말하지 않는다. 엄마에게 뭔가 큰일이 생긴 거다. 무슨 일이 있는 걸까 생각하고 있는데 엄마에게 다시 전화가 왔다.

"보라야, 태근이라는 아이한테 몇 번 전화 왔었어. 주말에 거기로 찾아가도 되느냐고 묻던데, 그래도 된다고 할까?"

"미쳤어?"

나도 모르게 소리쳤다.

"거기 가서 목소리만 키웠나 걸핏하면 소리 지르고 그러니? 알았어. 가지 말라고 할게. 엄마 지금 급한 일 있으니까 끊자."

거짓말! 내가 엄마를 모를까. 무슨 일이냐고 물어볼까 봐 급한 일이 있다고 뻥치는 거 다 알고 있다. 그런데 태근이가 왜 전화를 하고 여기로 찾아온다고 했을까? 또 무슨 거짓말을 하고 싶어서?

깊은 밤, 바람결에 소리를 들었다.

– 챙챙챙!

– 츠르르륵!

그냥 스치고 지나면 들을 수 없는 소리였다. 하지만 나는 그 소리가 상형에게 나사를 끼우는 작업이라는 걸 단박에 알 수 있었다. 그 소리를 듣고 있는데 눈물이 났다. 하지만 이상하게 슬프고 아팠던 마음은 사라지고 없었다.

'아마 세월이 지나고 나면 또 달라질지도 몰라. 사람들은 한층 업그레이드된 로봇을 원할 수 있지. 유행은 언제 바뀔지 모르니까 사람과 똑같은 로봇이 유행할 수도 있어. 그때 상형은 나사 하나만 빼면 사람들이 원하는 로봇으로 완벽하게 변할 수 있는 거야. 우리는 내일을, 모레를 약속할 수 있는 거야. 그러니까 괜찮아. 그리고 내 마음에 상형의 모습이 살아 있는 한, 상형은 그대로 나에게 남아 있는 거야. 친절하고 다정했던 상형으로.'

챙챙챙 소리는 동이 트기 직전 끝났다.

아침이 되자 검은 승용차가 다시 운동장에 나타났다. 교장이 운동장으로 나가 로봇협회 사람들을 맞았다. 로봇협회 사람들은 우리가 급식을 먹고 있을 때 돌아갔다.

오전 수업을 하려고 시청각실에 가니 상형이 앉아 있었다. 그리고 책상 위에는 그릇과 냄비, 밀가루와 여러 가지 채소, 그리고 갖가지 해산물이 들어 있는 그릇, 고기 덩어리가 놓여 있었다. 작은 오븐 네 개도 있었다.

"무언가에 집중할 때 우리는 쓸데없는 예민함에서 벗어날 수 있지. 무언가에 집중한다는 것은 대단한 힘이야. 그것은 다시 말해 둔감해지는 힘이기도 하지. 쓸데없는 것에 예민해져서 앞서 나가는 것, 일어나지도 않은 일을 미리 걱정하는 것, 마치 다른 사람의 생각을 자기가 다 파악하고 있는 듯 생각하고 행동하는 것, 이 모두가 민감하고 예민함에서 오는 거지. 예민하고 민감한 것의 반대는 둔감해지는 힘이야. 둔감해질 때 뭐든 잘할 수 있어. 싸우지도 않고 마음도 편해지고 행복해질 수 있지. 물론 연애도 잘할 수 있다. 자, 그럼 상쾌한 기분으로 본격적으로 수업 시작하자. 오늘은 요리 수업이다."

교장은 하늘로 폴폴 날아오른 목소리로 말하며 전자 칠판을 켰다.

"설마 우리에게 직접 밥을 해서 먹으라는 거는 아니겠지요?"

서연지가 볼멘소리를 했다.

"천만에. 나는 그렇게 몰지각한 운영을 하지 않아. 걱정하지 말고 설명 듣도록."

교장이 전자 칠판을 가리켰다.

"여기 현재 시중에 나가면 판매하는 피자 사진이 다 있다. 피자 전문가들은 하루가 다르게 신제품을 개발하고 있지. 하지만 아무리 고심해서 만들어 내도 모든 사람의 입맛에 딱 맞아떨어지지는 않아. 모양도 모두의 마음을 사로잡지는 못하고 말이다. 너희들은 오늘 너희들만의 피자를 만들어 보는 거야. 마음대로, 마음대로!"

교장이 '마음대로'라는 말을 하며 두 손을 벌렸다.

"상형과 하형, 우형, 좌형은 각각 자신들의 짝을 돕도록. 밀가루도 반죽해 주고, 채소도 다듬어 주고. 알았나?"

"예."

상형과 하형, 우형과 좌형이 대답했다.

나는 어떤 피자를 만들까 고민했다.

'그래, 상형과 연보라의 피자를 만들자.'

문득 든 생각이었다.

"상형, 밀가루 반죽을 네모지게 만들어 줘. 우리의 피자는 동그란 피자가 아니라 네모난 피자야."

네모진 것은 본관 뒤쪽 창고를 의미한다. 나는 네모난 밀가루 반죽 위에 노란색, 빨간색, 초록색, 주황색 파프리카를 하트 모양으로 잘라 올렸다. 말간 새우 살로는 상형의 미소를 표현했고 고기를 구워 잘게 부셔서 기다림을 표현했다. 집중하면 집중할수록 복잡하던 머리가 서서히 맑아지고 마음이 편해졌다.

"아, 어떡해! 욕심부리다 보니 피자가 산만하네. 완전 울긋불긋, 꼭 화장 망친 얼굴 같아."

서연지 말에 황소윤이 웃음을 터뜨렸다.

상형과 우형, 그리고 하형과 좌형 로봇들이 나와 김민, 서연지와 황소윤까지 자기만의 민감하고 예민한 부분을 가진 아이들을 어떻게 이끌어 갈지 기대가 되었다. 하지만 나는 이미 연애 박사가 된 거 같은데 어쩌지? 상형을 만나고 또 보내면서 말이다.

나는 피자를 오븐에 넣고 상형을 물끄러미 바라봤다. 예전에 나라면 당장 눈앞에 있는 것에 목을 매고 동동거렸을 거다. 상형을 보내지 않으려고 온 힘을 다 기울였을 거다. 되지도 않을 일인 걸 알면서도 말이다. 그런데 내일을, 모레를 기약할 줄 알게 되었다. 어쩌면 영영 찾아오지 않을 수도 있는 내일과 모레다. 하지만 의연하게 약속할 줄 알게 되었다. 하긴 세상을 살아가는 사람들 모두 내일과 모레의 일을 약속했다고 해서 지킬 수 있는 거는 아니다. 내일과 모레의 일은 아무도 모르니까. 다만 일어나지 않은 일을 미리 예견하지 않기 때문에 약속하는 게 가능한 거다.

고소한 냄새가 가득 퍼졌다. 마음이 따뜻하고 평화로워졌다.

'이 학교 수업 진짜 과학적이다.'

나는 감탄했다.

직접 만든 피자를 먹는데 그 맛이 끝내줬다. 피자를 먹고도 점심밥은 점심밥대로 먹었다. 밥맛이 좋았다. 나는 밥을 먹으며 충전하고 있을 상형과 하형, 우형과 좌형 로봇을 떠올렸다.

"오전에 에너지 다 썼을 테니까 빵빵하게 충전하고 와라."

나는 허공을 보며 중얼거렸다.

점심을 먹고 방으로 왔을 때 엄마한테 또 전화가 왔다. 이것 봐, 무슨 일이 있는 거 맞다니까.

"하고 싶은 말이 있으면 해. 뜸 들이지 말고."

나는 다짜고짜 말했다.

"사실은…… 민규 아저씨가 교통사고를 당했거든."

"뭐?"

누가 내 머리를 때린 거 같은 충격을 받았다.

"아니, 아니. 심각할 정도로 다친 거는 아니고. 3주 정도 입원해 있어야 하는데 누가 병실에 있어 줘야 한대. 간병인을 구할 수도 있지만 민규 아저씨가 좀 까탈스러운 데가 있거든. 간병인을 쓰는 거는 싫은가 봐. 그래서 그런데……."

"엄마가 병실에 같이 있어 주고 싶다는 말이지?"

"네가 싫다면 안 하고. 엉뚱한 오해는 하지 마. 다시 한 번 말하지만 민규 아저씨는 친구야, 친구. 앞으로도 계속 친구일 거고."

"하고 싶으면 해."

수화기 저쪽이 조용해졌다. 놀랐겠지. 내가 망설임 없이 그렇게 말하리라고는 꿈에도 생각 못 했을 거니까. 아마 귀신에게 홀린 기분일걸?

"보라, 너 갑자기 왜 그래?"

"이제 좀 둔해지기로 했어."

"그게 무슨 소리야?"

"일어나지도 않은 일에 신경 쓰다 보니까 머리가 터져 죽을 거 같아서 둔해지기로 했다고. 그런데 엄마, 이 학교에 등록할 때 자기 소개서를 내라고 했다던데, 내 거는 대체 누가 쓴 거야?"

"아하, 그거 엄마가 썼지. 민규 아저씨가 써 달라고 해서. 그 학교도 민규 아저씨가 모집 공고 본 거잖아. 성격에 대해 자세히 써야 좋다고 해서 그랬는데, 왜? 무슨 문제 생겼어?"

"아니, 문제 생긴 거는 아니고. 그런데 엄마, 이 학교가 방학 동안 뭘 가르치는지 진짜 몰라? 마음을 편하게 해 주느니 행복하게 만드는 방법을 알려 주느니 이런 거 말고 또 있어."

"뭐가 또 있어?"

"이 학교, 연애 잘하는 법을 가르친대. 연애 박사를 만들어 주는 학교야. 엄마는 이제 연애 박사를 딸로 두게 생겼네."

"미쳤어! 그런 발칙한 학교가 어디 있어? 애는 대체 무슨 학교를 소개시켜 준 거야?"

민규 아저씨는 오늘 엄마한테 죽었다. 엄마는 당장 데리러 오겠다고 했다.

"아니, 나는 만족해. 괜찮은 학교야. 아주 행복해질 수 있겠어. 그러니까 예정대로 개학 전날 데리러 와."

전화를 끊는데 열어 놓은 창문으로 바람이 들어와 코끝을 간지럽혔다. 실실 웃음이 났다.

"이번에는 손톱을 용궁으로 만들어 준다니까."

황소윤이 매니큐어 뚜껑을 열었다. 서연지와 김민이 앞다퉈 손을 내밀었다.

"김민, 너는 앞으로 노란색으로 염색하지 마. 노란 머리보다 빨간 머리가 어울리는 피부 톤이야. 겨울 방학에는 빨간색으로 염색해라."

황소윤이 말했다. 황소윤을 콘크리트처럼 딱딱하게 둘러싸고 있던 그 무언가가 무너지고 있었다.

창밖을 봤다. 나를 둘러싸고 있는 콘크리트 담은 어떤 걸까? 이름도 얼굴도 모르는 아빠가 떠올랐다. 한 번도 얼굴을 못 봤으니 얼굴 부분은 생략이다. 내 담은 아빠가 아니었을까? 나도 모르게 트라우마가 되어 콘크리트 담으로 굳어진 아빠.

'아빠, 안녕.'

나는 운동장을 보며 아빠와 안녕을 고했다.

"야, 연보라. 전화 좀 받으라니까. 우리는 바쁘다고."

김민 목소리에 정신이 번뜩 들었다.

"보라구나. 나야, 태근이. 네가 진짜 오해한 거야. 내가 그냥 지나가려고 했는데 도저히 억울해서 못 넘어가겠어. 내가 토요일에 거기로 갈까?"

"아니. 방학 끝나고 보자."

태근이가 무슨 말을 할지 들어봐야겠다. 태근이 입에서 나오는 말은 모두 거짓말일 거라는 단단한 콘크리트 담을 완벽하게 깨고 나면, 나는 더 이상 탐정도 형사도 아닌 상태로 태근이의 말을 들을 수 있을 거다.

"나는 한숨 잘래."

나는 길게 기지개를 켜고 침대 안으로 기어들었다. 오늘 날씨 참 좋다.

발칙한 학교

초판 1쇄 발행 2018년 05월 10일
초판 4쇄 발행 2021년 02월 15일

지은이 박현숙

편　　집 민가진, 이정미
디 자 인 강혜린
마 케 팅 한소정
경영지원 구혜지

펴낸이 한혁수
펴낸곳 도서출판 다림
등　록 1997. 8. 1. 제1-2209호
주　소 07228 서울시 영등포구 영신로 220 KnK 디지털타워 1102호
전　화 (02) 538-2913 | **팩　스** (02) 563-7739
블로그 blog.naver.com/darimbooks
다림 카페 cafe.naver.com/darimbooks
전자 우편 darimbooks@hanmail.net

ISBN 978-89-6177-167-2 43810

이 도서의 국립중앙도서관 출판예정도서목록(CIP)은 서지정보유통지원시스템 홈페이지(http://seoji.nl.go.kr)와 국가자료공동목록시스템(http://www.nl.go.kr/kolisnet)에서 이용하실 수 있습니다.(CIP제어번호: CIP2018012169)